一个人如果心如莲花，
纵使在红尘飞扬的世间，
也不会失去庄严、曼妙的心情。

春天已经真正到临,万物正在重生。每一朵花、每一粒果子、每一朵白云都在告诉我们重生的信息。

呵冻提篙手未苏,
满船凉月雪模糊。
画家不识渔家苦,
好作寒江钓雪图。

其实,对一位解脱者,入其堂奥,见不见到人是无关重要的。

让我们恩则孝养父母,敬则供养三宝,慈则广度众生,七月,就永远不会失去它庄严的意义。

幸好有月光照着小路,他们才可以沿着月光走回家。那铁路旁高大的柠果树是黑夜的地标,使他们知道家的方向。

处处莲花开

林清玄 著

 天地出版社 | TIANDI PRESS

代序
一程有一程的美丽

清玄,谢谢你!

此刻的我坐在书桌前,想送你一首诗:

  引你以翩翩之度

  用我几净的窗等待

  当夜幕低垂时

  是我见你心底相印

  带朵心花

  植在晚风里

有人说一根白发是一件心事，但我的一头布满风霜的白发，似乎诉说着我对你的遥想和思念……

无以回报的感谢，仅能以一支你送我的笔，向读者分享：你不仅倾才华于你的作品，还有你的生活。

你的人比你的文字更温暖芬芳！

以此生的生命大书，牵引和你一样善良美质的读者同行成长，触及那内在更美好的心灵境界。

每当你在书房沉湎的时候，便有一种安静的、无言的"体安然"的生活态度，让灵魂开出智慧的花！此时，我会沏一杯好茶，静静地奉上，再默默地离去。

你别样的"文字"和"美的感受"应该是让人生点亮发光、免于世俗的过程。你以一支灵笔就能创造属于你的须弥山！恬淡自然又蕴含哲理，文字如清澈的山泉、和煦的清风，散发着淡淡的自然气息，字里行间饶富禅意，让人感觉到感恩与善良，也让人内心充满宁静与关爱，犹如混沌世间的一片净土，一缕莲花的清香……

幸运如我，总是当你完稿后的第一个读者。才华横溢如你，稿纸铺好的同时，文章即已成形，字字不增不减，恰到好处，行云流水，我唯有赞叹！

记得你对我说过："一个人有坚强广大的心愿，则因缘虽遥，如风筝系线在手，知其始终；一个人有通向究竟的心愿，则圆满虽远，如地图在手，知其路径，终有抵达的一天。"你的思想与境界，我唯有一心相随相依。

我们的生活，寻常到没有杂质却无穷无尽。衣食住行简朴素雅，少了华丽繁复，却多了情真意厚。

今生遇见，是彼此人生最美好的时光。

细数过往，曾驮住无数的日升和日落，也曾将风雨化为生命的掌声！你供养一生，而我也以一生供养！

从今，荷担着你的荷担，走过你走过的路，感知你曾企及的境界！往后的人生路上，不以涩为苦，不以艰为难，一程有一程的美丽。

文学是我的净土。

"躯体虽已不存在了，灵魂却依然故我，长驻久存。"

在深沉的痛苦里，平凡人选择逃避与遗忘，文学家却更深刻地体会到了存在。

佛教所谓："离苦得乐""拔苦与乐"。苦比乐优于见道，因为苦比乐敏锐、锋利、绵密、悠长、广大，无法选择、不可回避。

在苦谛的世间，痛苦兵临城下，就会感受到真真实实的存在。

"若契本心，发随意真光之用，则苦行如握土成金。若唯务苦行而不明本心，为憎爱所缚，则苦行如黑月夜履于险道。"僧那禅师如是说。

知苦、断集、慕灭、修道都在当下！

"热即取凉，寒即向火。"生命就是如此，快乐时不要失去敏锐的觉察，痛苦时不要失去最后的希望！

以一个文学家的观点来看，不论是二十岁，还是三十岁，不论是四十岁，还是五十岁，你已然写出许多美好的作品了。

当思想已开，境界已立，书写自在，你回看昔日作品，深信已是经得起时间与空间的考验，其价值也得以确立。

文学写作，乃至一切文明、艺术、思想的创发，都是

代序　一程有一程的美丽

与世俗的拔河，希望能登上更高的阶梯，触及更美的境界，创作者所拉的长绳比一般人更巨大、更沉重，面对的庸俗人生有着难以超拔的拉力，所以"我思""我苦""我在"！

幸好，创作者的感觉与灵魂可以互相安慰、互相支持，才能在寂寞漫长的创作中，还葆有饱满与真切的心。

王尔德说："除了感觉，没有什么可以治疗灵魂。正如除了灵魂之外，没有什么可以治疗感觉。"

感觉与灵魂牵手并行，再加上创造的意志，所以，创作者即使面对人生的挫折、考验、颠踬，也不会失去创作的心。

兹整理成《思想的天鹅》《感性的蝴蝶》，并赋予全新的面貌。

感性与思想是文学的双翼，正如天鹅带着理想的壮怀飞越万里，蝴蝶为探撷生活的花蜜而不歇，以悲智双翼，飞翔天际，继续探知春天的消息。

《处处莲花开》则表述一个人如果心如莲花，纵使在红尘无常的世间，也不失其庄严、曼妙的心情。

在一个粗鲁的时代，细腻是必要的；

在一个赤裸的时代，含蓄是必要的；

在一个野蛮的时代，温柔是必要的；

在一个丑陋的时代，美丽是必要的！

虽然我们有所坚持，也不免会有所失落。不过，相信在某些幽微的角落，有些人开启了生命的维度和宽度，有了新的觉醒，感到了新的力量。

以恭敬之心献给清玄亲爱的读者们：永远保持内心的向往、期盼与祝愿，如一池清莲，在水中芬芳地绽放。循着人格的香气，用正向的能量，走过坎坷的生命旅程。

再以敬尊的心为清玄代序，斯人已逝，人唯情有，所留下的文字、思想，将穿越时空，永恒不朽！

从前那么美好，今天依然动人，不论多长的时间，都将是美好而动人的。

企盼读者能品味其人格的芳香。

淳珍　合十感恩

二〇二三年冬至台北双溪清淳斋

自序
让人人心有莲花

1

与朋友谈到坐计程车的经验。

我说,一个人其实不发一言,我们就可以感受到他的个性、品质,甚至他的喜怒哀乐。以计程车来说,我们一坐进车里,就可以立刻感受到计程车司机的性情,整个地影响了车内的气氛。

那种气氛、情境,是很难说得清的。例如,前几日我坐计程车,那位司机不知道为什么正在暴怒,他全身的怒箭在小小的车子中射来射去,乘客一上车就立刻中箭了，感受到一种骚动和不安。

反过来说，如果我们坐到心情愉悦的计程车也会立刻感受到，而被引动了欢喜。我说"心情愉悦的计程车"，而不说"心情愉悦的计程车司机"，那是因为车子与司机根本是一体的。

我们不要期待个性和品质不佳的司机会带给我们愉悦的旅程。

我们也不要期待乱七八糟的车子里面会坐着一位温文儒雅、微笑待人的司机。

我们和每一位计程车司机相处的时间虽短，但会影响我们一天的心情。

我的结论是："生命与计程车或有可供思考的相通之处，要使计程车里的气氛好，必须首先是司机的心情好、品质好、个性好。要使我们的环境好、社会好、文化好，必须首先提升我们的品质，转换我们的心情，和改变我们的个性。"

2

一个朋友说，他从来不敢坐计程车，平常都自己开车，不开车时就坐公车或走路。

原因是，我们一旦坐上计程车，事实上是把个人生命的安危交给了司机，要是交给好的司机当然没问题。万一是所托非人，遇到不要命的或者疯狂的司机，那可就糟了。

使他对计程车那么恐惧的原因，源于几次坐车的经验。有一次，他坐的计程车当街与人相撞，因为司机开车太劳累，竟睡着了。

还有一次，他遇到一位疯狂的司机，开着车在街头狂飙，就像火箭一样。他想中途下车，竟被司机痛斥一顿。

最惨的一次是他坐上计程车，睡着了。醒来后发现计程车停在荒山野地，司机命他把身上财物交出，问他："你是自己开门下车呢，还是我推你下车？"

他吓得连滚带爬地下山，从此再也不敢坐计程车。

3

另一个朋友是音乐家,他坐计程车的第一件事就是请司机关掉收音机。

他把计程车里的音乐和音响称为"听觉污染"或者"听觉暴力",是音乐家的耳朵完全不能忍受的。

然后他发表议论,说是台北的"视觉美感"与"听觉美感"是多么俗化,多么令人痛恨。

他说:"视觉美感的俗化,从城市的外观可以看出来。我们如果要把台北市设计得最好的大楼列举十个出来,会发现根本做不到,因为整个台北,好看的建筑还不到十个。而听觉美感的俗化,从计程车的音乐可以听出来。有的计程车也有很好的音响,可惜因为耳盲,总不能欣赏好的音乐,所以我上车的第一件事就是请他们关收音机。"

朋友对音乐的爱恨分明,我可以赞同。不过,我不是那么决然的。原因之一,我对人民的爱好向来抱持尊重的态度,觉得没有任何权威可以干涉人民对艺术与文化的偏好。原因之二，我不敢去干涉计程车司机，我们小心翼翼，温和亲切，有时都不免会触怒他们，何况叫他们关收音机呢？

所以我就问朋友说："你叫他们关收音机时他们的反应如何？"

朋友说，大致可以分成四种：一种是根本不理你，假装没听见；一种是反而故意开得大声，故意气你；一种是二话不说，立刻刹车，请你下车，有的还说："在我的车里，我爱听什么就听什么。"最后一种是心甘情愿或者心不甘情不愿地把音乐关掉，这种人是最少最少的。

朋友的结论是："计程车司机是基层社会的反映，可见我们多年来在视觉与听觉方面的教育是多么匮乏。"

4

是呀！光是一个计程车的话题，就可以做竟日之谈，而且可以从各个角度切入，可见社会、文化的思维不只一端。

社会、时代、人的品质已经变成这样了，我们几乎无能为力了，但每当在失望灰心的时候，我就会想起莲花。

唯有保持莲花的心，才能从眼前的污泥中昂头挺胸吧！

莲花在中国知识分子中，不只是一种清明的立志，也是风采的展现。

莲花在佛教里不只是宝华庄严、妙法莲华，也是纯净、细腻、柔软、坚韧、芬芳的向往。从究竟来说，一个人如果心如莲花，纵使在红尘飞扬的世间，也不会失去庄严、曼妙的心情。

当我写着或欢喜或悲哀，有时沉重有时轻灵，时而欣慰时而痛切的文章时，我总会想起很多年前在静夜里，曾看过一池莲花在水中芬芳地绽放。

我多么希望带着那些莲花，在每一个角落里种植。

让人人心有莲花，来超越那好像扩散着的污泥！

5

把这本书定名为《处处莲花开》,是在表达我对文学、艺术、文化的向往。我觉得在一个粗鲁的时代,细腻是必要的;在一个赤裸的时代,含蓄是必要的;在一个野蛮的时代,温柔是必要的;在一个丑陋的时代,美丽是必要的!

当然,我们有所坚持,不免也会有所失落。

而一个作家不仅是在坚持那些已失落的,也在坚持那些可能失落的真价值。

那是因为我相信,在某些我们不可知的幽微角落,有些人创发了生命的态度,有新的醒觉,发展了更好的情操,只因为读了我们的文章。

这本书中有一篇记录我和刘焕荣会面的情形,一个杀人不眨眼的杀手,因为读了我的文章而重建了生命的价值,到如今想到还会令我震动。作为一个作家,不就是因为这样而存在的吗?一个作家的作品,不是因为他的读者的感动而显现其价值吗?

许许多多的读者,他们是支持我写作的动力。虽然我不知道他们是在哪一个地方哪一个角落,我深信我是与他们同行的。我们行行重行行,是希望在山穷水尽的时候,还能一起奋力走到那柳暗花明的村落呀!

6

在今年过年的时候,我自己写了一个诗偈:

> 十年夜雨心不冷
> 百鸟飞远天不远
> 千山越过水不浊
> 万花落尽春不尽

这个偈很能表达我近年来的心境。我把它敬献给亲爱的读者,希望我们都能"心热天晴,水清春好",永远保持心内的向往、期盼与祝愿,永远不失去心里清明的莲花。

只要我们事事关心，时时亮眼，虽然花叶飘零，春天必会在满地的黄花落叶中，有一个灿烂的降临！

那时，我们就会看见莲花了。

林清玄

一九九四年新春台北市永吉路客寓

目录

第一章 世界如此难明

- 003 蝴蝶之吻
- 011 重生之歌
  ——杀手刘焕荣的最后会面
- 029 咫尺千里
- 035 文章幸负苍生多
- 043 武大郎的身材
- 047 最有力量的,是爱
- 051 世界如此难明
- 055 意外的旅客
- 061 无灾无难到公卿
- 067 书生情怀
- 071 美国食物
- 074 芝麻·蒜头·元宵

第二章　处处莲花开

- 079　灯火辉煌
- 083　微笑与感动
- 088　居山与见道
- 094　净土之风
- 099　以水为师
- 106　石上栽花
- 114　处处莲花开

第三章 阅读故乡的一百个方法

121　阅读故乡的一百个方法

127　夜幕已深与星光灿烂

131　庄严的七月

140　台湾的声音

144　真正的祈雨

148　响当当的台湾人

153　天地相合，以降甘露

157　真正爱台湾

161　为台北留些记忆

第四章 艺术的心

167　不诱僧也可以

172　艺术电影

176　艺术的心

180　武林江湖老

185　预则立

189　走向无限的原野

第一章 世界如此难明

蝴蝶之吻

1

看到一只蝴蝶在花上吃蜜。

它的动作那样轻巧温柔,吃了蜜后就翩翩起飞,飞到另一朵花上,好像吃够了,就飞出墙外、飞过枝头,往远处逸去了。

那只蝴蝶吃花蜜,既没有执着,也没有陷入;既不迷恋,也不流连;那样美、自由、潇洒,使我为之震动。

再回来看那些花,香依然,色依然,花形也依然,丝毫也看不出被"采花"的痕迹。花是这样美丽,蝴蝶采花也是一样的美丽呀!

我想起从前一个朋友告诉我的,那叫作"蝴蝶之吻",蝴蝶之吻是轻轻的、温柔的,有如眼睫毛飘落在脸颊。

蝴蝶之吻是吻者与被吻者都不受到伤害,都能感受到互相亲近的美。

蝴蝶之吻是轻巧的,行于所当行,止于所当止,随时保持着自由与飞翔。蝴蝶之吻是细致的,但取其味、不损色香,被吻过的花依然是美,甚至更美。蝴蝶与花朵就是那样轻轻地吻着呀!仿佛前世斯文的约定。

2

我想到小时候最喜欢玩的游戏,就是"拈蜻蜓"和"拈蝴蝶"。

看到蜻蜓憩于枝丫,或蝴蝶停驻花上,我们就蹑步走近,像一只猫那样轻巧,然后以拇指或食指拈住蜻蜓的尾巴或蝴蝶的翅膀。

蜻蜓是很容易拈到的，因为它一停下来就像是老僧入定。

蝴蝶可就很难很难拈到。蝴蝶总像云水的禅师，随时准备要起飞，保持着醒觉的状态。

美丽的蝴蝶一飞起，我们往往搓着拇指和食指惊呼，那惊呼中有惋惜，更多的是赞叹！

那种轻巧、敏捷、清醒，也是蝴蝶之吻呀！

常常会被拈到尾巴的是蜻蜓之吻，是因为太执迷了。

3

还有其他各种不同的吻。

会把别的众生吃掉的，叫作"癞蛤蟆之吻"或是"蜥蜴之吻"。

会把与自己最亲密的伴侣吃掉的叫作"蜘蛛女之吻"。

走起路来地动山摇，吃起东西胃口奇大，好像一张口可以吞下地球，最后自己绝种的叫作"恐龙之吻"！

4

"癞蛤蟆之吻"与"蜥蜴之吻"是丑陋的、粗鲁的、赤裸裸的。我们看台湾地区公共政策大致是这种吻法，看到猎物就迎上前去，一阵吐舌席卷，乱吃一气。于是台北盆地一片地裂天崩、肝肠寸断。如果坐直升机在空中巡视一圈，会以为是世纪末刚刚受到什么怪兽凌虐的灾区。

"蜘蛛女之吻"则是血腥的、残暴的、没有羞耻的。台湾的文艺、电影、文化大致是这种吻法。如果我们写的书没有人要看，我们就大可宣称读者已死，或者说现代人没有文学心灵。然后在年终，我们再集合一些人选出十大"好书"、十大"有影响力的书"、十大"石破天惊的书"，吸引那些尚未死心的读者，来把他们一起杀死，因为他们如果依靠那些专家选的书，阅读的兴趣必死无疑。

为什么那些人要以吻死读者为己任，置读者的兴趣于度外呢？为什么他们不能了解，对作家来说，读者是最好的伴侣呢?

那些一直在叫嚷着文学没落、读者没有水准的作家,他们永远也不会找到他们的书滞销的根源,就好像黑寡妇蜘蛛每年都在自问:"为什么上门的绅士愈来愈少呢?"

有一点大概是批评家自己很难看见的(或者根本就不敢看),那就是他们的书实在太难看,他们的才华实在太有限了,只好年年继续着"蜘蛛女之吻"。

电影就更悲哀了,一片腥风血雨,非色即杀,全以吓死、害死、杀死为己任。有一些电影片名我们甚至都说不出口,不想把那些片名写在这里,以免玷污了我的稿纸。

像这种电影的搞法,除了吓跑观众,害死做电影的人,还会有什么前途呢?

整个社会的品质是如此血腥残暴,整个表现形式是这样没有羞耻。当一个社会里,婚礼跳脱衣舞,丧礼也跳脱衣舞,祭神或开工都跳脱衣舞的时候,我们要怎样形容他们的文化呢?

"恐龙之吻"指的乃是贪官污吏。贪污几乎无日无之,凡有工程必有贪污,凡有军购必有贪污,凡有利益必有贪污。"一个田螺煮九碗公汤",端出来的虽然还是田螺汤,但其他的田螺不知道跑哪里去了!

难道这些贪官污吏都没有研究过恐龙绝种之谜吗?正是恐龙吃得太多,体积太庞大,最后反应迟钝而死。(听说把恐龙的尾巴锯掉,要七十秒之后,痛的指令才会传到它的大脑呢!)

贪官污吏只在一种情况下会绝种,就是继续吃,吃到民怨沸腾,天怒人怨,社会瓦解的时候。因此,我们何必多管制它的食物,让它们早点绝种吧!

5

我们的社会真的需要更多的蝴蝶之吻,轻巧温柔、细致斯文,既没有执着,也没有陷入;既不迷恋,也不流连;那样美、自由、潇洒。

我们也可以写一些美丽的、人人都喜欢读的文学,不一定是读不懂的、没人看的才是文学。

我们也可以拍一些像诗歌一样的爱情电视,不一定要哭喊、上吊或捶打。

我们也可以拍一些写实的、好看的电影,不一定要拍刀伸出来、舌头伸出来,什么都伸出来的电影。

我们也可以做更好的公共工程规划,使环境好看一些,不一定要每个城市都贴满胶布、膏药和绷带呀!

我们可以上行下效,大家都不要贪污,使公务员都能抬头挺胸、过有尊严的生活。不一定要"账面"那么好看,每个公务员都是从千万财产起算,然后亿、十亿、百亿。公务员有太多钱就像老妓厚抹脂粉一样,不是什么光彩的事呀!

6

看那只蝴蝶飞越枝头而去,我心里颇有羡慕之意。

想到我们的社会有癞蛤蟆文化、蜥蜴文化、蜘蛛女文化、恐龙文化，不知将使社会迈向何方？

有时候想到那更幽微的部分，心情就感到沉重，觉得我们应该创造一种蝴蝶的文化，轻巧、敏捷、清醒、云水自由，随时准备起飞。

带着蜜，带着花香，带着美丽，起飞！

重生之歌
——杀手刘焕荣的最后会面

1

天气突然燠热起来了，任谁也难以追想，就在一星期前，寒流刚刚过境。春天虽然暂时隐藏，但还是被遥远不可知的一股暖气引爆了。

仁爱路的木棉花仿佛也是突然就缤纷了。我沿着木棉道散步，几天前还枯寂立于街头的木棉，点灯一样，一盏燃过一盏，燃成了一座座的华盖，有些开得骄狂的木棉花，甚至已经谢落。我拾起那些花苞检视，发现有一些虽有艳红，但花瓣还未张开，就被春风吹落。

我仰视枝头上完全盛开的木棉花,忧伤地想道,再过几天,它们也会谢落,只争落早与落迟罢了。

我步行走过台北武装部,发现围墙里有两株桑葚太茂盛了,伸出墙外,累累的果实有绿、蓝、紫的颜色。在乡下,桑葚是春日里难得的美食,可是在城中,桑葚却不为人知,就好像木棉花会结果、会生产棉花,台北人也竟不知。

随手摘取了几粒介于熟与不熟的桑葚,放在口中细细品尝,一些甜蜜,几许酸楚。想到在两条街之外,二十分钟前,"中广"①的主持人问我关于死刑犯刘焕荣被枪毙的看法。就在今天的凌晨,他被枪决,留在天空的两声枪响,犹在木棉树梢盘桓。

我一时语塞,此刻才知道那种心情接近春天里吃了不熟的桑葚,一些甜蜜,几许酸楚。甜蜜的是,就像我每听见一位青年在俗世中觉悟,了知大我无私的奉献身心,就

---

① "中国广播公司"的简称,是中国台湾无线电广播机构,1949年11月在台北成立。——编者注

觉得自己欢喜赞叹得要在梦中笑醒。酸楚的是，觉悟乃是无法言传、不能验证的，而人生最艰险的情境，莫过于一从长夜醒来就要面对死亡，有如木棉花未开，即已萎落。

不只是刘焕荣吧！对于在业海中浮沉的我们，许多黎明、许多春天，总是来得太迟，许多生命中重要的觉醒，也总是来得太迟。

刘焕荣生前死后都被热烈地讨论着，他的罪业、他的觉悟、他的造恶、他的行善，他临死前的谈话与呼喊，大家都兴味盎然地谈论着，就像谈论春天的木棉花和菩提树。可是很快地，木棉落尽，就没人谈了，杀手的改过向善也如轰雷一响，很快，会被遗忘！与大家争论之热烈成反比地快速被遗忘！

2

但是，刘焕荣是个令人难忘的人物。

去年秋天，王念慈小姐打电话给我，说曾经被列为首名枪击要犯的刘焕荣渴盼在死前能见我一面，因为他在狱中读了许多我的著作，特别是菩提系列，深受感动，使他对人生有许多洞察与觉悟。王念慈问我："不知道林先生愿意去见他吗？"她又强调，"你去见他，对他有很重要的意义。"

我虽然从未想过自己的著作可以感动号称"冷面杀手"的死刑犯，但仍然毫不迟疑地答应了。

从土城看守所的大门一直走到死囚的牢房，使人印象最深刻的就是铁门。我们一共走过七道铁门，刘焕荣早已盘坐在那里等候多时，用保温杯泡的茶还热气腾腾。

看到我，他迅捷地跃起来，非常热情地紧握我的双手，显得有些激动，但彬彬有礼。

死刑犯的牢房很窄小，大约是古代的"方丈"之地切成狭长的三块。如果两人背靠墙坐着，把腿伸直，正好脚掌可以相抵。刘焕荣的牢房算是设备不错，一个水缸、一个马桶、一个书架、一张书桌、一个神坛，还有一个小型电视。

墙上挂满了他新近完成的画，几支毛笔挂在桌前，神坛上供的是关公，炉上的香是新燃的。

刘焕荣对我谈起他怎么开始读我的书。一开始有些害羞，低垂着头，他说："监狱里的一位科长拿一本你的《白雪少年》给我看，我看到一半就感动得哭了。"

使他感动落泪的那一段，他几乎可以背出来：

> 每一个中国孩子都是一面清明纯净的镜子，是一粒掉落在土地的麦子，是一支射在旷野里飞行的箭，是一棵等待春天发芽的树——每一个少年都是一个世界。
>
> 中国的少年孩子，我们不要为挫败而哭，因为大国文化的孩子不随便落泪。
>
> 如果我们哭了，中国的明日、中国的春天将在我们晶莹的泪光里看见。

他抬起头来，眼神聚焦在远方说："在我生长的环境，从来不知道读书是这么好的事，也没有人告诉我们书很好看。如果我在少年时代就知道书这么好看，就不会出去混了。"

刘焕荣说，从《白雪少年》开始，他养成阅读的习惯，"如果心情焦虑，就读林先生的文章，读了，就平静得多"。

我看他的书架上摆着几本《讲义》杂志，地上还摊开一本当期的《讲义》杂志，是一九九二年九月份。

我问他："你看《讲义》杂志吗？"

他像个孩子般清朗地笑了，说："因为爱读林先生的文章，有一次听收音机的'空中讲义'，知道《讲义》杂志上有林先生的文章，请亲友订了一份，才发现《讲义》很好看，我都是从第一个字读到最后一个字。"

在狱中，刘焕荣长期读两份杂志，一份是《讲义》，一份是《艺术家》，一份是为了心灵的需要，一份是为了作画的需要。

他兴奋地打开当期的《讲义》，说："林先生这期写的《人生之不可管理》，我读了也非常感动。"

刘焕荣可能不是个很善于表达感情的人，每回说到他的感动，就会低下头去。他指着《讲义》杂志中的一段说："这一段，使我想了几个晚上。"

他轻轻地读了那一段:

我们不能选择要投生的时代、环境、社会、家庭,因此大部分人一投生就处于痛苦之中。……

我们看到许多生龙活虎的人,昨天还在一起喝茶,今天病倒了。

我们认识许多青春洋溢的朋友,昨夜还相逢一笑,今晨已离开了世间。

我们那些深深爱恋的人,不是从前,就是现在,或必然在未来,终究要别离呀!

我们那些互相欠债的人,永远在这里纠缠相会,不能解脱,无法逃离。……

3

刘焕荣说,他读了我的书有一种觉悟的力量,因此也觉得在感情上接受了佛法，但他自始至终都还是天主教徒。

我们谈起宗教。

"我从小就受洗，因为从前上教堂，有奶粉，又有糖吃。我们眷村里很多人信了天主教，相信天主教是善人的教。可是真正讲，我从前没有宗教信仰，是天不怕地不怕的。"

"你是天主教徒，又是杀手，杀了人，心里会不安吗？"我问。

"有一点儿，到后来我看到教堂就不敢进去，远远看到十字架的尖顶，就绕路走，甚至到后来，连看到寺庙都绕路走。"

"怕吗？怕什么呢？"

"也不是怕，只是有点惭愧，有点内疚。"

"你被形容为'冷面杀手'，杀人时的特色就是面无表情，冷酷凶狠。难道杀人时不会恐惧，晚上不会做噩梦吗？"我问他。

刘焕荣陷入回忆，说第一次杀人时最恐惧。

第一章 世界如此难明

一九八一年,他带着十几名学生,大白天,在北屯圆环围杀另一个帮派分子,活活把他砍死。

他说:"那时候还没有枪,砍了很多刀才死。我记得是在一个槟榔摊前面,喷得我满身是血,槟榔摊打翻了,我的脚受伤,杀完一片狼藉。我跑到山上的一个农场躲起来,常常吓得一身冷汗,足足有三个月,经常做噩梦。"

可惜的是,三个月后,刘焕荣并没有觉悟。他听说台湾最大的帮派是竹联帮,如果要在黑道中有出息,就要投靠竹联帮。他暗下决心:"如果要当杀手,就当第一流的。"

于是他收拾行囊,放下台中的势力,向北发展,走向杀手的不归路。

刘焕荣说:"第二次杀人时就没有那么恐惧,大概是逐渐没有人性了。"他有点玩笑地说。在短短时间内,他杀了几个道上响当当的老大,声名鹊起,在杀手榜上挂头牌。

4

"杀手的生活怎么样?"

"杀手的生活,就是去杀人,然后逃亡、跑路,黑白两道都追杀。再杀人,再逃亡……"

刘焕荣说起杀手的痛苦是很少人可以理解的。

例如,到餐厅吃饭,一定坐在最里面的桌子,面向着外面,最好是靠着墙壁,以免背后有人袭击。

例如,到电影院看电影,要第一个进去,最后一个出来,以免眼睛还没有适应黑暗,就被干掉了。当然,一定要坐在最后一排,除了看电影,还要瞄瞄有没有人看自己。

例如,公共场所没有必要一定少去,像舞厅、酒家、三温暖[①]。而且不论在什么地方,都不要喝醉。

例如,开车停在红灯,一定有反射动作,看两边并

[①] 三温暖:即桑拿(sauna),是一种利用蒸汽排汗的沐浴方式,起源于芬兰。这里指桑拿场所。——编者注

排车子里坐着什么人,有什么动作。

例如,在路上走路,最好确认后面没人跟着,每走三五步,就注意身边的情况。

听刘焕荣形容杀手生涯,真如惊弓之鸟,没有过到什么好日子。

最令人难忘的是,刘焕荣说他自从拥有枪支以后,每天出门一定带枪,不带枪不敢出门。

有一天,他出去吃东西,走在路上,发现自己的身体斜一边,浑身不自在,弄半天,才发现是忘了带枪,走路竟重心不稳。

我说:"这么说来,如果在路上遇到走路斜一边的人,不要去惹他,说不定他就是忘了带枪的杀手!"

大家听了都哈哈大笑。

刘焕荣很感慨地说,许多年轻的黑道分子或烟花女子以他为偶像,很崇拜他,几乎每天都有人登记要和他会面,许多是不认识的人。他说:"这是盲目崇拜,后来不认识的人来,我都不见。其实,他们哪里知道杀手不是好的行业。"

"而且,他们往往忘记杀手的必然下场。"

5

刘焕荣说,他除了感谢在监狱里开始知道读书的好,也感谢监所让他接触了绘画。

为了让死刑囚犯有更好的心理辅导,监所在法理之内,常常提供更大的协助。例如,每周有佛教的法师、天主教的神父、基督教的牧师来布道讲经,教授刑人书法绘画。刘焕荣就是这样开始学画的。当他开始画的时候,才发现自己很爱绘画,看过他画的人,也都认为他有绘画的才华。

我说:"画一幅给我们看,好吗?"

"好呀!"

他开始在桌子上整理画具,我才发现他的桌子和书架并不是木质的,而是用厚纸板制作的,因为几层厚纸粘得牢靠,看来像木板。刘说:"监所里不能有木头,所以用厚纸将就将就。"

他的墙上钉了许多小纸条,都是来索画的人,上面写着姓名,画的大小、题材。他说:"来要画的人太多,写在墙上,才不会忘记。"

我说:"你比大画家还气派呢!大画家也没有人订几个月以后的画呀!"

刘焕荣腼腆地笑着,说:"他们不一定真心喜欢我的画,有很多是开酒廊、特种营业的人,他们特别要我的关公、钟馗、美女图,听说挂了可以辟邪。"

他把绵纸铺平,笔酣墨饱,开始画起来。大约十五分钟,一匹奔马就完成了,这时刘焕荣的全身已经汗湿,连挂在脖子上的毛巾都湿了。他说:"有时候,夏天画得太用心,画完后,地上都湿了。"

平心而论,刘焕荣的画不算好。但对于一个杀手来说,以画笔换手枪,短短数年能有这样的成绩,实在是难能可贵了。

他拜的关公,也是自己亲手画的。他说:"拜自己画的关公,感觉特别虔诚。"

他也画观世音菩萨,眉目十分慈悲。

他说:"画菩萨最难,难在神情,慈悲太难捕捉了。"

"林先生,我知道你喜欢菩萨,改天我画一幅观世音送你。"他说。

我说:"不用了,你把画留着义卖吧!你帮雏妓所做的奉献,大家都会永远感念的。"

6

后来我们谈到死亡,刘焕荣说他相信死后有世界,而像他这样恶贯满盈的人,一定会去下地狱。"但是,如果真的去地狱,我也坦然接受。"

"如果真的有来生,又不一定下地狱,你想做什么?"

"我希望投胎,下辈子做维持社会正义的警察。"

"为什么呢?"

"因为我们黑社会的人冒险犯难,都是为了私心利益,义气只是借口;警察冒险犯难却不是为个人,这才是真英雄。"然后,他突然问我,"林先生,杀手真的会下地狱吗?"

"当然,理论上,杀人会投生到不好的地方,但是佛教的《阿弥陀经》也有记载,只要诚心忏悔,临终有清净的正念,向往佛的国土,也有机会往生的。否则,佛教怎么会说'放下屠刀,立地成佛'呢?"

他的脸上露出怡然的表情。

由于会面的时间到了,我向刘焕荣告辞。他紧紧握着我的手说:"林先生,谢谢,谢谢你。"

我穿过死囚室黑暗的长廊,每到一个铁门,都要询问查探才能出去。在光影迷离的长廊中,我想到,像刘焕荣这样的青年,身体强壮,有才华、有潜质,今天有这样的下场,真是他一个人的过错吗?

想到最后我问他:"如果你死了,你希望通过我的笔告诉别人什么事?你有什么遗言?"

"我希望对青年人说两句话,第一句是要读书,读书才有前途。第二句是要学好,不要学坏,千万不要学我。"然后他说,"林先生,请你继续写好书,挽救那些在黑暗边缘挣扎的心灵。"

我穿过死囚的长廊时,想到这些,忍不住心酸起来。

7

刘焕荣被枪决前两天,我收到王念慈转来他的绝笔信,里面有这样的句子:

"我是个罪人,在罪人中我是个罪魁。"

"竹本无心,奈何横生枝节。"

"赤足万山来回走,长空不碍白云飞。"

"美好的仗已打完了,上帝的召唤近了。"

"希望我播下的种子,在众多囚犯中及犯罪边缘中的青少年,能开花结果,再生更多种子,开更多花。"

最使我感到痛心的是,他说:

"我以最温柔、敬畏的心,等待接引。"

如果没有彻底悔罪,能写出这样的句子吗?可是彻底的悔罪,为什么总是受尽了严冬才来?这世界上或许有无数的刘焕荣,我们能不能一开始就给予更好的教育、更多的爱、更真实的价值呢?

8

春天真正已经到临,我们要开始收藏冬衣了。仁爱路安全岛上的杜鹃不知人间憾恨地笑着春风,路上的人群各自奔向难以测知的所在。

关于一个杀手的挽歌,或者一朵木棉的偶然落下,过几天就会遗忘。

生命的历程,因果的真实,时间的变迁,爱与死的苦恼,本就如此无情。

我回到家,告诉自己的孩子,说仁爱路上的木棉好美,桑葚很好吃。

"改天,爸爸带你去吃桑葚,看木棉花!"

春天已经真正到临,万物正在重生。

每一朵花、每一粒果子、每一朵白云都在告诉我们重生的信息。

在一九九三年春天,一位勇于悔罪的死刑犯,也和大地一起唱着重生的歌。

咫尺千里

今天下午偶然遇到一个朋友,他正在参与拯救青少年的义工工作,现在进行的活动叫作"远离边缘"。

朋友告诉我一些他接触的个案:有一些青少年因为无知,被朋友带去吸毒和抢劫;还有一些因为成绩不好,被社会和学校的教育遗弃,只好流浪街头,做出犯法的事。但是,大部分的青少年会走到边缘,是由于缺少父母亲的爱,当一个人连父母亲的爱都失去了,就什么坏事都可能做出来了。

朋友非常感叹地说:"每次想到这些身体强健的青少年,只因为缺少爱就变坏,心里就很着急,真想每个人都能多爱一些，说不定能支持他们远离边缘。"

我们更感慨的是，这几十年来社会的变迁和教育的失败，使一般的人——不论是青少年，还是成人——都失去了爱的表达能力。我们花更多的时间追求物质的生活，却吝于花一点时间来对待自己的亲人；我们用更多的力气在一些外面的琐事，却舍不得多给最亲的人一些关怀。

那些身强体壮、有无限精力的青少年，他们会变得茫然，成为边缘人，整个社会都有责任。

因为这个社会愈来愈多的是冷漠，而愈来愈少的是爱。

我对朋友说："只有爱，才能拯救这个社会呀！"

这个社会确实存在许多的边缘，但边缘指的不是文化的或社会的，我们在最繁华的都市里，反而有最多边缘的青少年；在最富有的家庭里，可能培育出最冷漠的心灵。

与朋友谈天结束后，我沿着忠孝东路散步走回家，看着那些外表坚实华丽的大楼，内部是那样冷硬而无感，过于巨大的招牌杂乱无章地挂着。

这些大楼、这些招牌，不正是这个社会人心的显现吗？

我们有着更大的占据与高耸的外表，却有更多的流失与更大的荒芜。我们失去的是心灵的故乡与思想的田园，这是使我们流落于边缘的根源呀！

回到家，我接到儿子读幼儿园时的一位老师寄给我的稿子，这本稿子是一位母亲的日记。

这位母亲因为怀孕时受到病毒感染，生下一个先天畸形的女婴，取名为"心澄"，期望小女孩虽然残缺，还能"心澄如水，能清楚地照见自己、照见世间"。

但是，心澄生下来之后，残缺还没有结束，因为她的脑部病变是"进行式"的。心澄先是肠胃病弱，接着是四肢萎缩，再来是脊椎侧弯，情况一天比一天更糟。

不管情况变得多么糟，心澄的母亲汪义丽女士永不放弃，甚至"连一天也没有离开过孩子"。她带着孩子对抗疾病，对抗残酷的命运，坚持到底。那是源自她有非常充沛的爱，这爱是泉源，不会枯竭。

心澄在父母亲的爱里，最后还是走了，一共只活了四年的时间。留下来的，是母亲在这四年中写下的充满光辉和泪水的日记。

　　我跟随着这一本日记、跟随着互相深爱的母女的悲喜，希望能寻找到命运的阳光。

　　终于我深深地叹息了。

　　即使如此丰盈的爱，也无力回天。大化实在太无情了。

　　尽管大化无情，但真正纯粹的爱里，过程是比结局远为重要的。"爱别离"虽是人生的必然，却很少人知道，只要完全投入地爱过，别离也就不能拘限我们了。

　　另外使我叹息的是这世间的荒诞：许多身强体健的青少年形同被父母遗弃；许多面貌姣好的少女被父母像货品一样出售；反而许多父母的心肝宝贝，却是身心有残缺的，唉唉！大化岂止是无情而已！

　　在这流动的世间、流转的人情里，这些是必然的呢，还是偶然的？

　　如果是偶然的，人生不就如同风云雨露吗？

如果是必然的，存在的理由又是什么呢？

那必然的存在，是为了启示我们、成就我们，让我们学习更繁剧的生命课程，以彻底转化我们的心性。

对于能不断学习和超越的人，由于转化、启示与成就，所以折磨是好的，受苦也是好的。

当我读到心澄的母亲每个字都以血泪铸造的日记，看到她如何在不断的失望、无望、绝望中转化与超拔，使我想到"母心即是佛心，佛心即是母心"的句子。

我也为心澄而感到安慰。虽然她在人间只有短短四年，却沐浴在浓郁的爱里，她所得到的爱可能超过那因为缺乏爱而沦落边缘的人，一生的总和。

我宁可把心澄的生命历程看成是一个不凡的示现，她以短暂的生命来启示她身边的人，而她的母亲为她做的真实记录，希望能启示更多徘徊在爱的边缘的人，回到生命的中心——爱——里来。

我想，天下的父母如果都肯为孩子记录一些生命的日记，并且有义丽那样细腻的爱，那我们的孩子就有福了。他们再也不会陷入边缘，不论他们是强健或缺陷，不论他们是资优生或牛头班，都能无憾地成长，昂然立于天地之间。

在我们这样的时代和社会，只有更无私的爱，才有拯救的力量。

使我痛心的是，为什么那些勇于承担爱的人往往为了得到咫尺的爱而奔波千里？为什么有好环境可以去爱的人却使唾手可得的爱流放于千里之外？

从偶然而观之，但愿天地间相隔千里的心，都可以在咫尺相聚。

从必然而观之，但愿由前世情缘相聚的人，都可以互相珍惜。

我们都要深信：这世界没有真正的边缘！

文章辜负苍生多

到南部的农田,发现农夫也为着缺水而苦恼,原本用来灌溉的圳沟已经干涸,农田中一丝水也没有,水田已经变成旱田了。

这一期的稻作迟迟不敢播种,原因是冬季南部干旱,种了也是白种,再加上听说过一阵子要采取农田的限水措施,耕种无用,只好休耕。

农夫告诉我,可能会种一些番薯或花生,以便无米可吃的时候还能充饥。他说:"那些做官的、决定政策的、上班的人,不管水灾、旱灾、地震、台风,都有薪水可领。他们很少会管我们的死活,就像现在,他们可能一边吹冷气一边喝咖啡在研究着限水的措施呢！"

从南部的农田回来，正好是中秋节，沿着火车两边，看到许多农夫犹在农田辛苦工作。他们没有节日、没有休假的耕耘，只是为了基本的生活。不知道那些吹冷气、喝咖啡、决定政策的人会不会设身处地地为他们想一想？

我想到从前跟随父亲下田的少年时期里，曾经抄录了许多关于基层劳作者辛苦工作而有钱有闲者难以体会的诗歌，每在静夜读之，内心常为之戚戚。

有一首施耐庵在《水浒传》中的诗歌，最能表现此时此景：

赤日炎炎似火烧，
野田禾稻半枯焦。
农夫心内如汤煮，
公子王孙把扇摇。

在火烧一样的旱象里，田中的禾稻一半已经枯干了，农夫的心像在热汤里熬煮,那些公子王孙还在摇扇纳凉哩!

还有一首是写渔民生活艰辛的,是明朝孙承宗写的《渔家》:

> 呵冻提篙手未苏,
> 满船凉月雪模糊。
> 画家不识渔家苦,
> 好作寒江钓雪图。

用热气呵手,提篙的手还是冰冷僵硬的,船上的月色凄冷,照在模糊的雪上。可叹那些画家不能体会我们渔民的苦,老是喜欢画"寒江钓雪图"呀!

这首诗读来感触极深,对我们时常把"寒江独钓"看成是很高境界的知识人,无疑是当头棒喝!

这还是好的,唐朝李绅有一首《悯农》诗:

> 春种一粒粟,

秋收万颗子。

四海无闲田，

农夫犹饿死。

显得多么悲切痛心！

　　古来，时常把自己转换为劳动者的诗歌很多，或者是以小人物的观点来发出生命的悲叹，或者是希望唤起"公子王孙"对百姓的怜悯。

　　例如，宋朝诗人张俞写的《蚕妇》：

昨日入城市，

归来泪满巾。

遍身罗绮者，

不是养蚕人。

昨天在城市里绕了一圈，回来后眼泪流湿了手巾。全身穿着上好丝衣的人，没有一位是养蚕的人呀！

　　大诗人白居易曾写过一首《卖炭翁》，其中有这样几句：

> 满面尘灰烟火色，
> 两鬓苍苍十指黑。
> 卖炭得钱何所营？
> 身上衣裳口中食。
> 可怜身上衣正单，
> 心忧炭贱愿天寒。

卖炭的老头子身上的衣服多么单薄呀！但是心里忧虑木炭的价钱太贱，宁愿天气更冷一些。

我们如今读这些诗句，仍感到深心恻恻。时代虽然不同，情境并未改变，每次想到平凡百姓的艰辛生活，诗歌就像活着一样，从记忆中流了出来。例如，读到母亲卖掉亲生女儿去当雏妓的新闻，就会想起一首清朝名妓邵飞飞写给母亲的诗歌《致母》：

> 挑灯含泪叠云笺，

> 万里缄封报可怜。
> 为问生身亲阿母,
> 卖儿还剩几多钱?

女儿夜里挑灯写信给母亲大人,是为了把万里外我的可怜缄封寄给您知道。还想要问最亲爱的生身母亲,您把女儿卖了的钱花光了吗?还剩多少钱?

这首诗轻轻地朗读,总会令我眼湿。远望云山,想到有许多父母为了自己的生活,甚至为了买新的公寓,把亲生的女儿贱卖糟蹋,那情景,古今中外并无差异。

作践自己女儿的父母,与不能体会平民百姓艰辛的官员又有什么不同呢?有时到四乡走走,深知民众生活之苦,希望能写一些文章,唤起大家的关心。这时才会知道文章多么无力,志气多么难伸。从前有许多诗歌就是写这种心境的,宋代诗人杨万里的《戏笔》:"野菊荒苔各铸钱,金黄铜绿两争妍。天公支与穷诗客,只买清愁不买田。"宋朝才子吕蒙正的《祭灶诗》:"一碗清汤诗一篇,灶君今日上青天。玉皇若问人间事,乱世文章不值钱。"

文章除了买清愁之外，又能买什么？在这混乱的世间，谁会重视文章的价值呢？每次在无助的时候，就会想起两句诗来：

  三日不书民疾苦，
  文章辜负苍生多。

为了不负天下苍生，就心甘地与大家共同走着挫折与崎岖的路，时而含悲忍泪，时而悲怆心痛，这可能是古今文学家共同的路吧！

  火车正在田野奔行，我的心还系在那弯着腰的农夫身上。他蹲俯在田间，苍白得像一只鹭鸶，渺小得像一粒稻米呀！

武大郎的身材

朋友拿一则报道给我看,是《河北日报》的报道。河北省清河县最近在修建"金瓶梅乐园",主持的人会同许多专家考古会勘,终于在"武家那村"的南边武家祖坟找到武大郎的坟墓。

清河县的有关部门决定挖掘坟墓开棺验证,看看武大郎真正的长相。

开棺的时候,吸引了成千上万的人前往参观。古墓呈椭圆形,是青砖修造的。武大郎在众目睽睽之下被挖出来了,根据现存的骨骼推算,他生前应该是一百八十公分①

---

① 公分:公制长度单位,厘米的旧称。——编者注

左右的大汉，与文学作品中的武大郎相距太远，倒像是他的弟弟武松。

清河县并且考证，武大郎是武家那村的人，自幼崇文尚武，才力超群，曾经官拜知州。其妻潘金莲则是距武家那村一点五公里的黄金庄村人，是一名大家闺秀，秉性贤德，貌美才佳，夫妻的感情很好。

这样一对佳偶，为什么会在小说中受到非人的待遇呢？据说是武大郎任知州时，一位好友来投奔他，他为了避嫌，表面上拒绝，暗地里却派人送银两到好友家里。

被拒的好友以为武大郎无情无义，在返乡的路上编了许多污蔑他们夫妻的故事，武大郎与潘金莲从此流传于乡野之间。后来还被写成《水浒传》《金瓶梅》两部小说，遂使武大郎与潘金莲沉冤莫白。

"我看了这则剪报，才知道武大郎与潘金莲是真有其人呢！"朋友说。

我说，我还是宁可相信那是虚构的人物。为武大郎开棺验尸，甚至编造一些"以真乱假"的故事，只是因对小说艺术认识不清开了恶例并使真相更混乱罢了。这倒也不是说世上没有武大郎或潘金莲，反而可能到处都是，放眼今世就有许多武大郎和潘金莲。小说只是普遍的象征，到处去寻找武大郎的尸体和棺材，真是无聊的事情。

到处是武大郎和潘金莲，并非无的放矢，潘金莲在小说中虽是淫妇的代表，其实是受到环境与社会的不公待遇，她本身还是非常有人性和人味的。在真实社会中，比潘金莲等而下之的还多的是，像最近香港电影流行三级片，简直到了没有人性和人味的地步，就以目前在台北上映的电影来说，《人肉叉烧包》《超级强奸》《色魔抓狂》《左灵右色》《艳女花痴》《化骨浓汤》《人肉田不辣》等等，光是听片名，就知道它们比潘金莲还不如了。

三级片的潘金莲还易于分辨，普遍级的武大郎就很难预防了。最近带孩子去看武侠片《天剑绝刀》（因为是暑期档唯一的普级片），发现剧本、语言乃至导演的心态之俗恶、卑鄙、粗陋，比三级片还有过之。这已经是香港电影普遍的现象，用黄色的、低级的、器官的、作呕的语言来制造一些难以入耳的笑料，其心俗恶，令人叹息！

以这样粗鄙的语言，导演还敢挂名字；以如此俗劣的态度，想拍出什么好电影，实在是太悲哀了。如果我们说武大郎是"窝囊废"的象征，香港三级片的制造者、低级武打片的制造者，都可以说是当今的武大郎而无愧了！

我们不要管小说中武大郎的身高和潘金莲的行为是真是假，我们应该多注意那些来自香港的武大郎和潘金莲，他们正在散布着低劣的人性品质。有良心、有品位的台湾人应该联合来抵制这股黄潮、黑潮、非人的潮流！

最有力量的，是爱

最近去上电台的一个现场节目，一位初三的女生打电话进来问问题，说：

"林先生，我们现在每天都有考试，为了应付第二天的考试，晚上往往读书到半夜还读不完，不知道该怎么办。"

我说："那其他的同学读得完吗？他们读不完又怎么办？难道就不睡觉了吗？"

听筒那边年轻而天真的声音说："我有很多同学用安非他命提神，听说效果很好，可以整夜不睡觉，我也好想去试试看。"

这个回答令我惊讶，没想到中学生有那么多在吸安非他命，而且答得多么坦然，好像是喝可乐一样。

我忍不住对这个小女孩说，既然是每天都要考试，那么今天不睡觉可以，明天不睡觉也可以，是不是可以永远不睡觉呢？何况距离联考还有二十天，能不能都不睡，撑到联考呢？万一联考的时候昏死在考场，又怎么办？

再说，书是永远读不完的，纵使吃了安非他命，也不可能把书读完。要读书而有精神，必须从生活上改善。如果一个孩子能生活规律，注重营养，有好的睡眠与休闲，精神一定会够的。靠安非他命提神以应付考试，就像用黄金的丸子打麻雀，是得不偿失的。

因为许多医学界的人士已经研究出来，安非他命长期服用，不但会破坏人体的免疫系统，对人的肾脏、肝脏和心脏都有致命的伤害，会无缘无故地暴毙。同时，安非他命会导致妄想与精神错乱。一个人何苦为了小小的考试，而去做破财、伤身、害命的事呢？

"纵使什么学校都考不上，也不要吸食安非他命呀!"我对初三的女生说。

她挂断电话,我心里还七上八下的,不知道她是不是听得进我说的话,而我的回答不知道有没有打消她吸毒的念头。

我想起十几年前,那时中华商场还很热闹的时候,有一天我去逛中华商场,有点内急,就跑到"爱"①栋去上厕所,看到有五个十几岁的少年,神色紧张、眼神茫然地围在一块叽叽喳喳,我好奇地探头看去,发现他们正轮流吸食强力胶,强力胶的刺鼻辛味经过搓揉,弥漫在整个公厕,再加上厕所的恶臭,使我很快掩鼻而逃。

经过十几年,我还常想起五位少年在黑暗恶臭的公厕吸胶的表情,感到作为一个成人的悲哀。这世界多么广大,阳光多么明媚,山林如此青翠,我们为何没有能力使年轻人乐于拥抱世界,走向阳光与山林,反倒制造了一个让他们紧张茫然的环境呢?

强力胶、速赐康、红中、白板、安非他命、大麻、

---

① 台湾的楼厦单位,常以忠、孝、仁、义、爱等命名。——编者注

吗啡、海洛因……绝不是独存于环境，而是环境有了压力与苦闷，才培养了毒品滋长的环境。因此，"向毒品宣战"不能只在抓毒、戒毒上打转，而是要在环境与生活上改革，使压力与苦闷解决，毒品也就不能生存了。

我想到多年前跑出公厕看到"爱"栋的字样时的惊愕，觉得面对毒品最有力量的应该是爱。

如果要我写一个反毒的文案，我会写：

对尚未吸毒的人，爱他们！
对已经吸毒的人，救他们！

用更多的爱，使我们的孩子不会成为毒贩的人肉叉烧包；用更多的爱，使我们的孩子不会成为毒品、赌场、三级片残害下的赤裸羔羊！

世界如此难明

我是二十世纪五十年代出生的,由于生长在偏远的乡间,在我成长的过程中,对白色恐怖并没有什么印象,这大概也是住在偏远农村的幸运吧!"日出而作,日入而息,帝力于我何有哉!"

唯一在我记忆中留下痕迹的,是我就读小学三年级的时候,有一位老师失踪了。大人对那位老师失踪的原因,都是吞吞吐吐的,有一次无意间听到隔壁的阿伯聊天,才知道老师是"匪谍"。

被疑为是匪谍的老师,原因不明,去向也不明。大约过了十几年,他突然回到家乡,外貌已经完全改变,听说"匪谍"的嫌疑已经洗清,可是再也不能教书了。

老师后来去学习修理电器,在小镇上开了一家电器行。他非常沉默,对从前的事也绝口不提。小镇的人为了证明他的无辜,几乎所有的电器都是向他购买。他的生意兴隆,后来就迁居他乡了。

这是我认得的唯一的"匪谍",也是我感受到的唯一白色恐怖的事件,已经在我成长的过程中埋下十分深刻的暗影,常常在夜半从噩梦中惊醒。

然而这已经是那时代最轻微的政治事件了,有更多的人,在夜半莫名地离家,被陌生的人带走,从此,再也没有回来了。饱受凌迟,孤坟荒冢,埋身于荒烟蔓草之间。

最近,在六张犁发现了二十世纪六十年代政治受难者的坟冢,被认出的已经有二十几位,后代子孙的悲恸,可以想见。但是还有数百人没有被认出,甚至已经没有名字。

根据当时埋尸体的"土公仔"说,当时枪决死亡的人太多,有时来不及埋葬,先把尸体摆好,在旁边的墓碑用粉笔写下名字。如果突然来了大雨,名字就被冲刷不见，成为无名的受难者。

那些无辜死难的人，从此消失于天地之间。

经过四十年，最讽刺的是，在六张犁公墓受难者坟冢旁边，就有一些当年高官的坟墓，有些上面还题有被蒋介石和李登辉褒扬的名字。一位受难者家属说："他们大概也想不到，有一天会埋在那些冤魂的旁边。"

唉唉！这世界如此难明，而生命又是如此短暂、渺小、脆弱。当权者与受难者，罪与罚、红与黑、无辜与有罪，谁又能来判定呢？最后并肩平躺于山头，又带给我们什么启示呢？

不只是生死的事难明，世界原本就充满矛盾的，选举时以"阳光法案"做出承诺的"民意代表"，到最后竟是反对的人。那些公布财产的"代表"，我们觉得很富有的，偏偏只公布很少的财产；我们觉得很清廉的，却非常富有。

有的"代表"公布的三户房地产，总价竟只有一百二十万台币。难道他们对社会完全无知吗？一百二十万台币在"信义计划区"还买不到一间厕所哩！

在学校里经常叮咛学生要爱护小动物的训导主任，竟当着全班学生的面，把一只狗从四楼教室丢出来，活活摔死，脑浆迸裂。

记者去访问这位训导主任，他很懊恼，不是懊恼把狗丢下来，而是懊恼："本来要丢到草地上的，没想到丢歪了，摔在水泥箱盖上。"

现在幸运的是，已经没有白色恐怖了，可是小学生眼睁睁看自己养的小狗被老师摔死，那与听到老师是"匪谍"是一样惊恐、一样会做噩梦的吧！

"存天理，去人欲"可能是艰难的，但是常用宽恕、包容、关怀的心来生活，留一些良知与爱心的空间应该不是很难。

否则，"他们大概也想不到，有一天会埋在那些冤魂的旁边"这句话，想来令人心惊！

意外的旅客

跟随一个旅行团到东部去,团中有一位奇特意外的旅客,他平常都是在饭店里睡觉,睡醒时如果团员还没有回来,他就坐在咖啡厅喝咖啡,状极悠闲;他有时连饭也不起来吃,理由是他要休息;他也不爱说话,有人问他,他只是微笑。

这位旅客虽然沉默、无言、微笑,但大家都无法忽视他的存在。他像一个谜,引起人们在背后谈论。

我偶尔也和他一样,坐在咖啡座里沉默、无言、相对微笑。

光是这样相对、微笑,我们就熟悉了。

有一次，我忍不住问他："你既然参加了旅行团，为什么都不出去旅行呢？"

他说："我是个懒人，要走路，不如站着；要站着，不如坐着；要坐着，不如躺着；要躺着，不如休息、睡觉。我出来旅行，那也是因为衣食住行都有人安排呀！"

在这个社会，我们见过许多勤快、忙碌的人，却很少见到懒人；偶尔见到懒人，也不肯自称为懒。然后，我们就谈起关于懒的一些观点，这位意外的旅客的见解，真令我大开眼界。

他说，懒人的两大守则，一是能不做的事就不做，例如，衬衫可以买七件挂在衣橱，每天轮流穿一件，正好可以穿一星期，满一星期再从头穿一次，连穿三次，这样三星期只洗一次衬衫就可以了。鞋子则买没有鞋带的，最好是不用弯腰就可以穿的，理由是："每天弯腰绑鞋带，一生就要花多少力气？"

又例如，吃东西，能吃饱就好，不必求美味，最好是在家附近的馆子吃。万不得已在家里吃，生食比熟食好；万不得已熟食，面包比面条好，面条又比米饭方便

（因为米还要洗）；吃水果最好不用动刀，因此香蕉、番茄比西瓜、凤梨好。

又例如，买东西，懒人最好不多买东西，买东西又花钱（花了钱还要去赚），又花时间和力气，很划不来。而且，凡是有了东西，就要保养、收拾、整理，没完没了，得不偿失。

他说："凡人为了名利情欲做了一大堆费时耗力的事，看起来就像傻瓜一样。"

懒人的第二大守则是能不记的事就不记。

所以，懒人绝对不使用电脑、传真机、移动电话这些事物，甚至也不必用电话簿，"因为多记一个人就多一些事，不必去记那些事，脑子里自然就有了空间"。

"俗人总是记东记西、牵肠挂肚、求名求利，那些在我看起来，都不如坐着休息。"他还告诉我，古来禅师所追求的最高境界，与懒都是相通的，像"春有百花秋有月，夏有凉风冬有雪。若无闲事挂心头，便是人间好时节"，所讲的"闲"不就是"懒"吗？

这首无门慧开禅师的诗，懒人会记得还不可惊，他甚至引用了一首元朝了庵清欲禅师的诗：

闲居无事可评论，
一炷清香自得闻。
睡起有茶饥有饭，
行看流水坐看云。

我说："你不是说能不记的就不记吗？如何记得这么长的诗？"

他说："诗是自己留下来的，不算记。在这个时代不做懒人太傻了，你想想，每天的新闻都是杀人放火、贪污腐败，我们去瞎操心，气都气死了。再说，如果我们去努力赚钱，想到缴税的钱都被贪走了，实在太不值。如果人人都不赚钱纳税，贪污自然就消失了。"

正在这时候，导游来叫吃饭，懒人说："你看，多好，又有饭吃了。"

走向餐厅的路上，他说："做懒人最大的困难，就是常常要动脑筋，怎么样才可以再更懒一些！"

听了懒人的话，我一点也没有看轻他，反而自觉惭愧，觉得自己实在太忙了，忙着看"民意代表"打架、群众暴力，真是瞎操心。也觉得自己实在太傻了，每年缴一大堆税，让一些公务员"一时大意"地贪污了。

真是像傻瓜一样。

今后要再懒一些才好。

无灾无难到公卿

苏东坡有一首写自己孩子的诗,诗名叫《洗儿》:

> 人皆养子望聪明,
> 我被聪明误一生。
> 惟愿孩儿愚且鲁,
> 无灾无难到公卿。

这首寄意反讽的诗,其实是有着深沉的悲哀。苏东坡是历代最伟大的诗人之一,他不只诗文盖世,也充满经世济民的怀抱,可惜他人太聪明、太敏感,又常常写文章直抒胸臆，得罪了许多权贵，使他的一生迁徙流离，担任的都是一些芝麻绿豆的小官。

反过来看看朝廷的那些大官吧！一个个又愚笨又粗鲁，在一个政治不清明的时代，也只有愚鲁的人才可能做到公卿吧！这就不免令诗人生起感慨："如果你想无灾无难地做到公卿，只有愚鲁一些，免得被聪明所误。"

九百年了，我们回顾苏东坡所处的政治环境，才能更体贴诗人的悲哀，确实在他的时代，没有几个人比他聪明，而他的同时代做公卿的人，我们甚至连名字都不知道，更别说是政绩了。

可见，在历史的洪流中，政治乃是一朝一夕之事，愚鲁的政治人物在得意扬扬之际，很快就会被潮流淹没了。而文章乃是寸心千古的事，文学家在灰心之余，不应跟着丧志，他的掌声不是来自政权的，而是来自民间的。

我有时会想，如果苏东坡一生都在宦海得意，可能正是中国文学的悲哀。一个人一直在权力的旋涡之中，不要说没有时间和心情创作了，在心情上也会失去"在野的沧桑"，就难以有什么佳作了。

因为，文学的心，基本上是在野的。

陶渊明、王维、李白、杜甫、杜牧、李商隐、陆游、苏东坡，哪一个是公卿呢？在生命的流放与挫折的时候，才会有敏感的心来进入文学，也只有在悲哭流离之际，才会写下动人的诗篇。

比较可叹的是，历史上做文学家的人，从文都是生命中的第二选择，他们的第一志愿都是位居公卿。但是，幸而做了公卿的人，其实是断送了文学的心；幸而未做公卿的人，写出了千古的诗文。

这是历史上诡谲而难以衡量的真情实景。担任公卿的人不一定是愚且鲁的，但是政治是最限制与最现实的，不可能有什么石破天惊的作为，最后自然沦为平庸的公卿。百代之后看来，只有"愚且鲁"三个字可以形容了。写文章、作诗歌的也不一定是聪明人，只是文学是最无限与最富想象的，若有五分才气，加上持之以恒，不难成就一家之言，最后卓然成家。百年后观之，思想自在公卿之上。

我们不免就会形成天平的两端，一端是"无灾无难到公卿"，一端是"多灾多难多诗文"。一端高起来，一端就垂下去，这是不变之理。一个人不可能拥有绝对的权力，还能写出绝对的好文章，因此政治人物的语录、文集、训示，等等，用于谋权图治则可，作为文章，实在是世间的糟粕呀！

就以苏东坡来说，他自称是"寒族""世农""生于草茅尘土之中"，随父亲苏洵入京，举进士第之后，开始了坎坷的一生。他三十多岁就开始被贬谪、流放，从黄州、杭州、颍州、定州、惠州、儋州，一直到岭南，数十年都在迁徙流离中度过，两度被召回朝廷，做过翰林学士、中书舍人、侍读、兵部尚书等要职，随即又被流放，一直到他死前半年度岭北归才正式获赦。

真不敢想象苏东坡如果官场顺利会怎么样，顶多是另一个王安石或司马光吧！

苏东坡晚年最后的诗是《自题金山画像》：

　　心似已灰之木，

第一章　世界如此难明

> 身如不系之舟。
>
> 问汝平生功业,
>
> 黄州惠州儋州。

写完这首诗,两个月后,他在常州病逝。

贬谪是不幸的,但贬逐也使苏东坡的创作更深沉,并且使他成为"平民英雄"。他一顶布帽、一根竹杖的形象,一直到现在都是平民百姓最喜欢的形象,温暖、可亲而有人味。

在中国历史上,一直到现代,愚且鲁的人位居公卿的也不少,但要"无灾无难"也是难矣哉!政治人物动见观瞻,被骂被糗无日无之,要开拓自己的形象,有时不免要登全版的广告。即使心里不忮不求也不能讲出来,一说出来,纵使信誓旦旦,百姓也很难相信。做官的人动辄有数千万的财产,也有数亿、数十亿、百亿的,即使有人告诉我,他们都很清白、清高,我也不能相信呀!好吧!就算几十亿都清白、清高,这样的人能与村夫、农人、父老一起喝酒谈心吗?能真正锥心刺骨地了解百姓的贫困与艰苦吗?

"父老喜云集,箪壶无空携""江城浊酒三杯酽,野老苍颜一笑温""荷尽已无擎雨盖,菊残犹有傲霜枝。一年好景君须记,最是橙黄橘绿时"……还是做诗人文学家的苏东坡好呀!

愚且鲁的人做公卿可能是好的,像苏轼这样的人做公卿可能就不会舒适了!

书生情怀

俞大维先生过世了,我想起从前当记者的时候,曾因访问而与俞先生作过长谈,当时俞先生说的一段话,至今留给我非常深刻的印象。

他说,他一生做得最多的事是读书,觉得最有趣的也是读书,特别是读圣贤之书。他从童年时代会读书之后,几乎没有一天不读书,即使在战地,或公务繁忙的时候,也不忘记读书。他认为一个人读书多了,智慧自然会开,智慧开了,选择人生的道路便能明白、超然,不会陷入欲望的泥沼。

他还带我参观他的房子,可以说无处不是书,他说:

"有一些书我读过很多次。"

我想,俞大维先生有如此高的清望,广受人们的敬爱,那不是因为他曾做过高官,而是由于他是个书生。可悲的是,近代为官的人虽有许多拥有高学历,书生情怀的人却少见了,才使得大家特别怀念他。

什么是书生的情怀呢?首先的条件是不贪。"士不可以不弘毅,任重而道远""无欲则刚"。人生的抉择是很奇怪的,有得必有失,一个人不可能一方面争名夺利,一方面做书生。俞大维先生一生在读书上用心之深,使他能安于平淡的生活。他的晚年都是一件T恤,一件牛仔裤,常常一餐只吃几个饺子,却能乐以忘忧,这真是读书读通了,看清了名利。

其次,应该是无畏。"自反而缩,虽千万人,吾往矣!"俞大维先生早年读书一级棒,后来从政,身先士卒,头部还被弹片射中,这个弹片一直到他火化之后才取出来。由于无畏,得到官兵的爱戴;由于无畏,他展现了强烈的爱国心。俞先生实为"书生也是勇士"示范了典型。

再次,应该是自然。有书生情怀的人,得则兼善天下,不得则独善其身,"道不行,乘桴浮于海",不论环境如何改变,终能不改其书生的本色,语默动静之间,一派酣畅,不忮不求。俞大维先生从壮年以至老年,不论何时在媒体上出现,总是一片天真自然,这种境界,非至人不能至。

最后,对真理的追求永不放弃。俞大维先生九十七岁才皈依佛门,拜高僧忏云法师为师。报上说他一生是观世音信仰的实践者,但始终不是正式的佛弟子,九十七岁时"想通了",立志皈依学佛。这种"到死前最后一刻还保持向前的姿势",真令人敬佩。他死后烧出象征修行成就的"舍利子",就更令人赞叹了。

如今,典型虽在宿昔,哲人却已远去,想起从前在俞先生的书房畅谈《红楼梦》与中国历史的情景,俞先生患有重听,要大声说话才听得见,我走出俞家时,声音都哑了。思及中国历史上的书生,追求的不只是个人的大声说话,也希望能经世济民呀!

如果说俞大维先生的一生是一本书,每一个篇章对我们都是很好的功课,生命的历程不正是向那些有德者学习,使我们不贪、无畏、自然、追求真理吗?

在俞先生去世的同一天,陈履安宣布把住家捐给政府,认为是自己在"面对贪念的功课"。我读了深受感动,世局虽然混乱,有书生情怀的人却能免于受染,陈履安先生在我看来,就是个书生。

学历很高的人从政是很好的,但在学历之内如果没有一些书生的情怀,不做一些人生的功课,那还不如做一个凡夫俗子哩!

美国食物

在美国达拉斯，佛光会达拉斯分会会长葛光明做我的导游。葛会长从事健康食品的推广，一路上与他谈饮食的事，获益匪浅。

他说道，去年联合国曾做过一项研究，评鉴七十三个国家青少年的体能，得出的结论十分出人意料，美国青少年排名第七十三，忝陪末座。

照理说美国的国势强盛，运动风气发达，青少年都是身强体壮才对。但那只是少数的特例，总平均来说，美国青少年的体能是普遍不佳的。

原因出在哪里呢？

葛会长说:"原因正出在美国食物上,最严重的是饮料。"

美国食物几乎没有一种是健康的,热狗、汉堡、炸鸡、薯条、起司、冰激凌、奶油,都是油脂过重,吃了对健康无益,反而徒然增加身体负荷。特别是美国人肉食过多,与我们东方人比起来,东方人是吃饭菜配肉,美国人是吃肉配菜,想想美国的大牛排累积在体内的情景,就会不寒而栗了。

而美国的饮料比食物更糟。据葛会长的说法,一小铝罐装的可乐或汽水,含糖量是两匙半,一个孩子如果每天喝三铝罐装的饮料,就会吃进七匙半的糖。糖会破坏体内的免疫系统,并造成人体过度的负担。

"在美国的军舰上,海军对那些生锈无法清理的甲板,就是在夜间泼几桶可乐,等第二天一擦就亮了。我们竟把这么可怕的东西喝进肚里。"葛会长说。

我告诉葛先生,在台湾乡间,老百姓早就用可乐汽水来洗猪肚和猪肠了,据说效果比明矾更好。

在一旁的葛太太说,葛会长身体力行,不但自己不喝可乐,不准孩子喝可乐,也常劝朋友不要喝可乐。如果有孩子的同学带可乐来,他甚至把可乐倒在洗手台冲走,要喝可乐还不如喝水龙头里的水。

不管是从自然、健康,还是从营养、可口来看,美国食物大部分都是属于"垃圾食品",已经引起许多美国人的反省。因应这种觉悟,美国另有一波自然生食的风潮,素食者也逐渐增多。葛会长夫妇在美国居住二十几年,夫妻都是素食者,也是虔诚的佛教徒。

美国人自己吃垃圾食物也就罢了,比较可悲的是,他们把这种吃的文化输到世界各地,连台湾也受害匪浅。我们新一代的台湾孩子,谁不吃热狗、汉堡、炸鸡、冰激凌呢?这一代孩子的体能普遍差劲,有没有人想到可能是美国食物的危害呢?

我每次看到台湾校园中处处都有汽水可乐的贩卖机,知道营养午餐里常有炸鸡、汉堡,心中都感到忧虑,希望大人能给孩子更好的食品教育。

不要让我们的孩子吃美国的垃圾食物长大!

芝麻·蒜头·元宵

住在美国的朋友,谈到有一次在纽约请客,请客完后,一位犹太客人佩服得五体投地,只差没有拜他为师。

朋友不免为自己的手艺志得意满,问犹太人说:"你觉得我的哪一道菜做得最好?"

犹太人说:"呀!你实在太了不起了,我们犹太人吃蒜头几千年,都是用剥用切的,你用菜刀拍两下,蒜头就跑出来了。"

朋友说,从那一次以后,他就对中国文化大有信心!

不只蒜头而已,我还听过芝麻饼的故事,说有几个外国人到餐厅叫了芝麻饼,吃的时候大为惊叹:"这芝麻排得密密麻麻、整齐有致,一定花了不少时间吧!"

确实,如果我们对事物有主、客体之分,就很难有拿大的饼来就小芝麻的创意了。

还有一次,我跑过仁爱路的九如餐厅,发现门口围了一大群人,有一些是外国人,全部沉默到大气不敢喘的样子。

原来,他们是在看餐厅的师傅"摇元宵",把一团团的豆泥放在糯米粉的大箩上摇来摇去,半盏茶的工夫,数十粒元宵就摇成了,每一粒大小都一样,每一粒都是那么圆。

摇元宵看起来真神奇,怪不得大家都目瞪口呆。真的,第一个发明摇元宵的人如果没有什么"关怀的眼神",也一定是英明天纵的。

文化的表现有时是存在于很细微的地方,从怎样剥一颗蒜头、沾一粒芝麻、摇一个元宵,就能看见文化细腻的一面呢!

不只文化这样，一个人做的任何芝麻绿豆、鸡毛蒜皮的小事也都表现了他的品质，这是佛家说的"威仪"与"细行"应该并重的原因。

芝麻、蒜头、元宵，真的都不小哩！

第二章 处处莲花开

灯火辉煌

刚开始学佛的时候,有一年我居住在乡间。乡下没有书房,我只带着几册随身的书。

有一天,我在查阅一册《禅门修证指要》的时候,才赫然发现,这少数随身的书大部分是同一个人编著的,像是《正信的佛教》《戒律学纲要》《禅的体验》《禅的生活》《禅门骊珠集》《禅门修证指要》,等等,那人正是圣严法师。

我坐在书桌前发呆,想到离开台北时我只是随意从书架上拿书,怎么会都拿到圣严法师的书?是这位师父写得最好,还是我和这位师父有因缘呢?我自己也找不出原因。在当时我虽然开始对佛教有兴趣，也阅读经典，却尚未皈依，也不认识圣严师父。

不过，这也没什么关系，我开始大量阅读圣严师父的著作，每读一本就加深了对他的敬佩，有一种"此真吾师也！"的感动。这期间，我在学佛上的基本知见都是从师父的著作逐渐建立的，使我对佛教有更人本、更人文、更人道、更人间以及更理性、更理智、更理想的向往。

在这段阅读师父的著作而尚未皈依师父的期间，有一家《新学友书讯》访问我，请我列出给子孙的传家宝，我就写了师父的著作。并且有感于非理性、不止观、无智慧的佛教信仰正弥漫在整个社会，于是我有一个愿望，希望将来能有机会推广圣严师父的著作。

后来经果辉师和果淳师的引见，我皈依在师父的座下。

我曾经把师父的开示编为《圣严法师法鼓集》。后来策划主编"现代佛典系列"时，又编辑了师父的两套著作《禅门三要》和《学佛三要》。这些书一直都得到读者的热烈回响，这时离我初读师父的著作已逾十年了，也可见师父的著作历久弥新，能满足众生的普遍需要。

当我比较了解师父的生活之后，更为他在那样忙碌不堪的弘法传道中还能写出这么大量的著作而感佩不已。在这些著作中，深含着师父的智慧与悲愿，不知读者能否知悉。圣严师父如今已经成为名震中外的高僧了，可是有许多亲近师父的弟子却未曾用心研读他的著作，想来殊为可惜。

师父执笔为文，与他的道风一样平和理性，很少有激情的场面。但是在平淡处有其深广，在平和中隐现深情，对佛法长远发展的悲心，更如长河流过平原。我常常在阅读师父的著作时深受感动，觉得师父的著作不只是对这个时代、这个社会的众生修习佛法有所助益，即使在未来，也会有更深远的影响。

台北东初出版社经过多年的努力，把师父的著作汇编成全集，是佛法兴隆的一大盛事。我览读师父的著作，受益之余，也祈愿曾在生命中迷茫、在生活中迷惘、在生涯中迷失的众生，能以这些呕心沥血的著作当成迷路的灯火，一起来照亮未来的道路。

灯火，不只是用来照路，也可以用来辉煌生命，繁华世界，庄严人间。

师父的著作如是辉煌、繁华而庄严，让我们观见生命与佛性无二，世界与净土无别，人间与佛国都可以唱出无上清净的高音。

每次读圣严师父的著作，我就会想起多年以前在莺歌桥仔头乡间，在微明的小灯下，孤独地沉浸于法海的情景。那时虽然感觉到人世无明，世间晦暗，却因为内在的灯火已经点燃，那么辉煌，也就无所畏惧了。

我认为在当代高僧中，前有印顺导师的《妙云集》，后有圣严法师的《法鼓集》，前后辉映照耀，将来必会成为代表台湾地区佛教思想的两大法宝。

对《法鼓集》的编成，我在如是我闻之余，欢喜雀跃，非文字所能形容。但愿对佛法有兴趣的人，都能有因缘和福报读到这一套书。

微笑与感动

一九九三年九月,台湾地区文艺协会邀请星云大师演讲"佛学与文学",会长郭嗣棻先生知道我对这个题目也有兴趣,便嘱我做一片绿叶,在星云大师讲完后,讲文学与佛学。

演讲的前几天,我接获通知,说星云大师在接电话时不小心跌断腿,演讲可能将要延期。但随即又接到一个电话,说星云大师觉得演讲日期早已定好,不愿意期待的群众失望,仍决定如期参加演讲。

由于星云大师的号召力,演讲果然如预期的大为爆满,当大众看到他们敬爱的星云大师坐在轮椅上被推出来时，都忘情地热烈鼓掌，星云大师不发一言一语，已经感动了在场的每一个人。当郭嗣棻先生报告说，星云大师一个星期以前跌断腿，仍然坚持来演讲，只为了不愿大家失望时，我看到在座有一些人偷偷拭泪。

那一次的经验使我非常感动赞叹，想到我们这个世界要成就一位大师不是偶然的；也思及自己曾因感冒就取消过预定的演讲，比起大师的精神，真是感到惭愧。

星云大师以他的实践来展现他的智慧与慈悲，而他把全副身心奉献给佛法、奉献给众生的无私无我，从他腿受伤还上台说法的小事就可以看出一二。

我每期读到《普门杂志》，上面都有星云大师的日记，看到大师每天的奔走弘法，几乎是间不容发的忙碌。有一次读到由于他太忙了，大部分休息的时间都在飞机上或汽车上，很少能在床上好好睡一下，只有在跌断腿那几天才真正躺着好好休息。

每回见到星云大师，他都是光芒满面，慈蔼微笑，没想到他都是在车里养神。有一回我心血来潮，把星

第二章　处处莲花开

云大师一个月的行程在地球仪上标示出来，发现在一个月之间，他在中国台湾南北跑了好几趟，还出国三趟，从北半球跑到南半球，就对主持《普门杂志》的永芸法师说："如果你们每一期把大师的行程画成地图，就会发现历史上没有一位师父为了弘法，曾走了那么多路。"

星云大师的弘法深受社会大众的喜爱，我想除了他的说法简单明了、幽默风趣之外，还来自他的亲和力，他永远微笑视众生，不论老少都能感受到他悲悯的态度。此外，他宣讲"人间佛教"的教法导正了佛教从前那种消极避世的心态，使佛法落实于人间，在四十年前的台湾，他的大声疾呼，感动过无数心灵，才使佛法在台湾开花结果。

我在刚开始学习佛法时，曾仔细研读《星云大师讲演集》，从中得到许多启发，也深刻感受到大师用心之良苦。

后来我访问过圣严师父、忏云师父、悟明长老、了中师父等诸山长老，他们都盛赞星云大师对台湾佛教的贡献，特别是他从青年时代就在台湾地区从北到南，从东到西，甚至到偏远的离岛，风尘仆仆，巡回演讲，对于佛法的启迪之功，在那个时代，确实无人能及。

不只是演讲，台湾佛教的慈善事业、教育事业、文化事业，乃至于人力的培育、道场的辟建，星云大师都有伟大的贡献，像我摆在案头的《释迦牟尼传》《十大弟子传》《玉琳国师》《星云大师讲演集》都是他的著作，我几乎每天都要查阅的《佛光大辞典》，是佛光山编纂的，我觉得最好的《阿含经》版本是《佛光大藏经》的一卷……而我熟悉的佛光山、普门寺、北海道场常住的青年法师，他们都那么杰出优秀，全是星云大师的弟子。

因此，我对星云大师常存一种崇仰与感恩的心，虽然与大师见面的时间不多，却从他的著作、演讲、言行中受教良多，使我深信，大师的演讲必能使更广大众生得到利益。

《星云大师讲演集》的新版本即将由希代公司出版，希代的负责人嘱我为大师写序。我感到愧不敢当，仍然勉力从事，就是希望大家都能来读这本讲演集，特别是那些还没有机会听闻大师演讲的人，读了必然会受益无穷。

　　好了，现在把这片绿叶翻过去，看看枝头的红花吧！

居山与见道

朋友约我一起到万里灵泉寺去参访惟觉法师，我欣然同往。

惟觉法师近几年来道风极盛，许多政经文化界的名人皈依在他的座下，创建占地广达一百甲[①]的中台禅寺，打了几次七七四十九天的禅七，吸引了许多知识青年习禅披剃，甚至包括陈履安的公子……成为媒体争相报道的新闻。

惟觉法师指导禅修的声名远播，很快地，使灵泉寺

[①] 甲：旧时的一种户口编制，若干户编为一甲。——编者注

第二章　处处莲花开

成为观光胜地，从台湾各地赶来参访问法的人非常多。原本重视清修的寺院，到了假期就热闹滚滚，甚至都找不到停车的地方。还有一些中南部的信徒包游览车前来，狭窄的道路常为错车所苦。

朋友苦笑着说："这就叫作水涨船高，收了政治人物做徒弟，寺庙变得这么热闹！"

我说："船本来就高了。历史上所有大修行者的寺庙，都会变成这个样子。"想想看二十年前广钦老和尚还在的时候，承天禅寺的路上每天都像过年一样；现在台湾的寺院，像北投的圣严法师，花莲的证严法师，佛光山的星云法师，南投的忏云法师、妙莲法师，参访人潮汹涌，有时连呼吸都感到困难。

这种由大修行者带起的道风不是始自今日，早在唐朝禅风大盛时就有了。当时江西出了一个大禅师马祖道一，湖南出了一位石头希迁，两人同时大树法幢，德誉享遍四方。天下僧众若要了知解脱道，都参游于二师门下，云水行脚络绎于途，称为"走江湖"。

走江湖的结果，马祖道一门下出了临济、沩仰、黄龙三宗，石头希迁门下出了曹洞、云门、法眼三宗，禅风遍布天下。

我对朋友说："道风很盛，并不是坏事呀！"

很可惜，由于惟觉法师正在闭关，所以我们并没有参访到，不过也使我想起数年前，每逢假日，法师都会在禅堂中随缘回答问题，我有时杂坐于人群之中，获得不少法益。

我曾问过法师个人在修行时遇到的三个问题，法师的回答我曾写在笔记上，第一个问题是："当我们生起解脱的愿望，渴望出离世间，可是又要过一般人的生活，这种冲突要如何解决？"

惟觉法师说："未成佛道，先结人缘，出离世间不是离开世界，而是不执着、不贪着。当前的这一念儿是没有生灭的，心念与修行的冲突难免，但是只要不与恶念挂钩，善清净、善调伏，不离开善法，就没有出离的问题了。"

第二个问题是："菩提心与慈悲心有何不同？有为法与无为法有何差别？"

惟觉法师说:"慈悲心是菩提心的根,次第相生,慈心广大,觉心即广大。菩提心是慈悲心提升出来的,慈悲心无着就成菩提心。法并没有分有为或无为,有执着就是有为法,无执着就是无为法。"

第三个问题是:"何以真空,还会妙有?"

惟觉法师说:"空其心,不空其境,因为境是有些些,还有些些,又有些些。不管有多少境界,无住就心空。"

我对朋友谈起这三个问题,法师说"有些些,还有些些"的神情犹如在眼前,这三段话使我在禅修上得到很多利益,也品味了惟觉法师的智慧和法味。

其实,对一位解脱者,入其堂奥,见不见到人是无关重要的。我和朋友在山后散了一下步,随即下山,朋友说:"许多大师,因为盛名忙碌,对于修行是好还是坏呢?"

这使我想起永嘉玄觉禅师的一段话:

若未识道而先居山者,但见其山,必忘其

道。若未居山而先识道者,但见其道,必忘其山。忘山则道性怡神,忘道则山形眩目。是以见道忘山者,人间亦寂也,见山忘道者,山中乃喧也。

我对朋友说:"这有什么好担心的呢?"

净土之风

不知道是怎么飞来的,也不知道是何时飞来的,阳台的砖缝长出了一棵番茄树。

在这无土无水的都市阳台长出一棵番茄树使我讶异,但更令我惊奇的是,这番茄树竟在深秋长出了红艳艳的果实。

番茄树的种子如果有选择,应该会选择那些土地肥沃的田园吧!它是偶然落在阳台的,完全不是它选择的。

不能选择土地的不只是番茄的种子。荒冢的马樱丹,溪畔的银合欢,杂生在山坡的菅芒、莲蕉或紫丁香呀,它们也都是飘然地飞来，偶然地生成。

植物种子的飞翔是没有自己决定的力量的，它们努力地生长，到成熟具足的时候，等待着风力或者鸟兽，带着它们起飞，去更远的地方。它们唯一要有的信念就是生长，即使落在最贫瘠的阳台上，也要结出成熟具足的果实。

落在何处，就以最美的状态在何处生长、开花、结果。

从一个大的视景看起来，人的心也渺小如植物的种子。我们当然有"往生"更好的土地的心愿，可是需要等待一种风，让我们与流云飞翔，在远地开花。

我时常在想，我们往生净土就是那样的。我们就以现在的样子去，不必刻意地梳妆打扮，我们只要使自己的种子成熟具足，并信任风就好了。

对净土法门不能深信的人，往往难以触摸、难以体验净土是真实的存在。可是这世界的事物，何处是真实的存在呢？甚至连我们身边的文明与历史，只有我们肯相信的才是真的。你相信台北的信义区从前都是树林与稻田吗?你相信台北火车站正对面以前是瓦房吗?

时间的实相并没有坐标,空间的实相也没有坐标,以我们为坐标,相信的,才是真的。

我相信阿弥陀佛是真的。

无须等待临终,因为每天的夜晚都是临终,我的喜悦不分昼夜,我的信心又分什么临终呢?阿弥陀佛一定会好好安排我们的,我只懂得相信与持念,让喜悦的莲花开着。

铃木大拙写过一本《念佛人》,其中有一段深深撞击着我:

不是我念佛,

是佛来碰撞我的心,

南无阿弥陀佛。

我想象着一粒番茄的种子,因为对风的信心,因为圆满成熟,所以在贫瘠之地也开花结果,这番茄如果落在肥沃的土地,也如是开花结果。对净土法门有信心的人,不管是投生在红尘滚滚的人间或黄金铺地的净土，必也是那样一如一味，感恩于浮世的，必欢欣于净土。

我是学佛数年后才契入净土法门的。我也常常鼓励年轻人念佛，那是因为体会到人间已经如此繁杂，需要一个绝对纯粹简易的法门，让我们活着心安，死时安心。我虽宣扬净土法门，但对净土是基于信心与体验，并没有研究。所以每次廖阅鹏兄对我谈起净土研究的种种心得，总使我动容赞叹，更坚定我对西方极乐世界的信心。

阅鹏兄那些关于净土的慧见深思不能普为众生共知，常使我感到十分遗憾。如今，他把多年来的净土研究辑为《佛陀的美丽新世界》一书，使这遗憾一扫而空，相信不曾修习净土法门的人，读了这本书将会断疑生信；已经修习净土法门的人，则会坚定信念，一往无悔。

其实，佛陀的美丽新世界到处都有。那浮在莲花瓣的露水，一指即划开土地的新笋，为阳光转动头部的野花，万里飞翔不迷途的候鸟，无心出岫的云，清澈温柔的水……人间里，何处不是弥陀的声音与显现呢？

青青翠竹，皆是法身，南无阿弥陀佛。

郁郁黄花，无非般若，南无阿弥陀佛。

读完阅鹏兄的《佛陀的美丽新世界》，再回来看人间的美丽新世界，就会看见世界的光明与飞跃。

不论阳光，或是黑暗；不论人间，或者净土，只要有六字在心，就会光明无畏。

让一般人摸索口袋，寻找更多的钞票、权势与名位吧！我们不必摸索，我们的怀中有最尊贵的阿弥陀佛。

我在贫瘠的土地依然生长、开花，是为了让种子成熟具足，等待来自净土的风，凌空一跃。

呀！南无阿弥陀佛。

以水为师

我很喜欢老子的一个故事。

传说老子的老师常枞要过世的时候,老子去请教老师最后的教化。

常枞唤老子近身,叫老子看自己的嘴巴,问说:"你看我的牙齿还在吗?"

"没有,牙齿都掉光了。"老子回答。

"那么,你看我的舌头还在吗?"

"还在,还鲜红一如从前。"老子说。

常枞说:"这就是我要教你的最后一课呀!在这世界上,柔软是最有力量的。我死了之后,你要以水为师,水是这世上最柔软的东西,但是天下最刚强的东西也不能抵挡水。"

说完后,常枞就过世了。

这虽然是无法考证的传说,却点出了老子思想的精要所在。老子的《道德经》虽然讲的是"道"和"德",但以水来作象征的篇章很多,例如:

> 道冲,而用之或不盈。渊兮,似万物之宗。挫其锐,解其纷,和其光,同其尘,湛兮,似或存。

——道像深渊一样深不可测,是万物的本源,清澈得似有若无。

> 上善若水。水善利万物而不争,处众人之所恶,故几于道。

——最上善的人,像水一样。水能滋养万物;本性温柔，顺自然而不争；能蓄居在众人不愿居住的低下之处。有水这三种特质的人，就与道相近了。

持而盈之，不如其已。

——人的内心要像水一样，盛在任何器皿里都不能太满，满了就会溢出，所以在满之前，就要知止。

知其雄，守其雌，为天下溪。

——知道雄壮刚强的好处，宁可处于雌伏柔顺的状态，这样的人才可以作为天下的溪谷，使众水流注。

譬道之在天下，犹川谷之于江海。

——道在天下万物，就像江海对于川谷，江海是百川的归宿，道也是万物的母亲。

天下之至柔，驰骋天下之至坚，无有入无间。

——天下最柔软的东西，才能驾驭天下最坚强的东西，唯有以"无有"才能进入没有间隙的实体。

大国者下流，天下之牝，天下之交。

——伟大的国家应该像江海一样自居于下游，表现得像母性一样温柔，才会成为天下归结的所在。

江海所以能为百谷王者，以其善下之，故能为百谷王。

——江海所以能成为百川之王，是因为它善处于低下的位置，吸引百川汇注，所以成为百川之王。

天下莫柔弱于水，而攻坚强者莫之能胜。

第二章　处处莲花开

——天下没有比水更柔弱的东西了，可是要攻破坚强的事物，没有一样胜过水。

……

因此，老子的哲学，我们可以说是水的哲学，也是守柔的哲学，也是他反复说明的"守柔曰强""柔弱者，生之徒""弱者，道之用""柔弱胜刚强"，等等的理由。但这种柔弱、柔顺、柔软、柔忍并非怯懦，而是"虚其心，实其腹，弱其志，强其骨"的。

天下人皆知水的珍贵，却往往轻忽那丰沛的水；善以水为师的，实在是太少了。所以老子才会感慨地说："弱之胜强，柔之胜刚，天下莫不知，莫能行。"（弱能胜强，柔能克刚，天下人都知道，但天下人都难以实践。）

感慨还是好的，有时候令人悲哀。如果我们对人说应该以水为师，珍惜每一滴水，保护环境和水土，不要滥垦滥葬，不要设高尔夫球场，不要破坏森林，这时候，"下士闻道，大笑之，不笑不足以为道"（识见浅薄的人听到珍贵的道理，便大笑起来，如果他不笑，也不能算道了)。

在天下大旱之际,想到老子"以水为师""守柔曰强"的思想,感受更是深刻,我们今天"居大旱而望云霓",不正是从前"为者败之,执者失之"的结果吗?

为民牧者一边在破坏水土的球场上打高尔夫球,一边渴雨祈雨,有没有反省从前的作为呢?

石上栽花

假日的时候,偶尔会到假日玉市去走走。

看到一摊接着一摊的美丽玉石,使人目眩神摇,但是逛玉市的乐趣有时不是玉的本身,而在于发现。

在那千千万万的玉中,去发现自己喜爱的玉,或者说是与自己有缘的玉,那种喜爱或有缘是难以说得清的。

不只是发现自己爱的玉,也去发现人的坚持。大部分人只要相中一块玉,就要开始和老板拔河了,一边假装自己不是那么喜欢那块玉,一边脸上的线条都因喜悦而改变了。老板岂是省油的灯?通常在价钱上也是很坚持的,一番拔河以后,不管以多么高的价钱买到自己喜爱的玉，接下来的许多天都会很开心；如果没有买成，好些日子就会阴霾满布，特别是到下一个假日去逛时，发现玉已经被买走，总有一点痛不欲生之感。

所以，只要是我喜欢的玉，我总是很坚持的，以免日后悔恨、痛苦，觉得自己对不起那块玉。

玉石上开了一朵花

几年前，我应邀去担任梁实秋文学奖的评审。（到我这种年纪，不，应该是说资历，几乎每年都要担任几项文学奖的评审，其实，我自己是比较喜欢参加比赛的。）

评审的有趣，也是在发现和坚持。

那一次我发现了石德华，读到她的文章，就仿佛在满山满谷的玉石中，看到一块自己特别有缘和喜爱的，我站在摊前看了又看，然后说：就是这一块了。

因为那一块玉有一种天然、素朴、浑然的感觉，含着光芒，我知道这种玉会愈磨愈亮，非常稀有。

为了避免日后悔恨、痛苦，觉得自己对不起那一块玉，我非常坚持，与其他的评审展开冗长的辩论。我相信，只要我们持有的是好东西，而我们又愿意无私地坚持，别人到最后也能同意那玉石的珍贵。

那一次文学奖，石德华得了第一，那时候我还没听过石德华，揭晓姓名的时候，我还开玩笑地讲了一句："玉石上开了一朵花。"

据石德华说，那是她开始写作的第九个月，这是很了不起的。我自己在文学奖上得奖，是在我写作的第九年。

九月或九年也不顶重要，只要是好玉，总会被慧眼看见的。

穿越沙漠的河流

我一直深信，写作有一种神秘而超越的素质，是比较难以被觉知的。

我记得在苏菲修行者有一个故事，可以说明这种神秘而超越的现象：

有一条河流，它发源于山区，流经乡野，最后这条河流到了沙漠。当河流到沙漠时，它发现自己在消失，因此它非常惊恐。

"我要怎么样才能像以前越过的障碍，来越过这个沙漠呢？"河流焦急地想。

这时，沙漠对河流说："风可以飞越沙漠，所以河流也能。"

河流并不相信沙漠的话，因为它有各种流动的经验，就是没有飞越的经验，于是它猛力向前冲，在沙漠中消失得更快。

沙漠说："你一定得放弃你的习惯和经验，让风带领你到目的地去，这是河流越过沙漠唯一的方法。"

河流说："那该怎么做呢？"

沙漠说："首先你要全然地放下自我，让风带走你的水，飞过沙漠，然后，以雨水的形式掉下来，形成一条新的河流。"

河流说："我怎能相信我完全放下自我，还会成为一条河流呢？"

沙漠说："你不得不相信，因为你如果不相信，最多你会成为一个沼泽。如果不幸，你会完全消失。"

最后，河流升成水汽，进入风那温柔的手臂，风轻易地带它向前飞，当它们飞过沙漠时，风让河流轻轻落下。

一条新的河流就形成了，不，应该说，一条河流有了全新的经验。

照见自己的心

石德华曾写过她写作的经验，十分感人：

> 未写作之前的很长一段时日，我蹲踞生活之山，日日与两条巨蟒娑摩盘旋：一条叫思

第二章　处处莲花开

想，一条叫感情。表面上，我的生活面貌一成不变，生命恍若是一无所为，符合平凡幸福的所有定义。但是，在许多深沉的时刻，我总是照见自己蠢蠢微动的内心，不安定的灵魂包裹着未燃的旺烈意志。我尚找不到可赴汤蹈火、不惜一搏的人生方向，却已隐隐感受肤下血液的流速及温度。汨汨流波中，我听到自己一遍遍在说：我是谁？我要的是什么？

她开始写作是在父亲重病的病榻旁边，有一种力量——一种内在的渴望——驱迫她开始写作，她说：

我明白并没有多少时间允许我再当一缕蹲踞生活之山、每每被思想感情纠结缠绕的困惑的灵魂，我已知道我是谁及我要的是什么，也确定自己最适合的生活方式，更了解最有价值的追寻就是平凡宁静。于是，我由最深沉的痛苦中豁然站了起来，迈开大步一如夸父勇锐的决定，矢誓追向一个明亮光华的新境地。

彻悟有若金刚宝剑割裂丝帛，应声而开。我开始厘清内心深处长久以来对生命及人性的意见感发，让那潜藏生命基底的、跃跃欲试、呼之欲出，我从前不知道那究竟是什么的东西做怒涛排壑之势汹涌而出，借由一支笔，它们化而为文字，一百一千一万地写出，竟而至汩汩不休如江河。就在父亲的病床边，我一面任由痛苦啃啮，一面振笔疾书，我毅然奋起迈步直追的人生新境地，就是……写作。

她觉得写作使自己获得了"新生命"，正如一条生命的河流在飞越生活的沙漠。

许多人认为写作可以"业余"，但是，在全生命的投注中，写作必然是专业的，是一种不得不然。

这种专业，才能使我们放下自我，消失为风中的雨水，飞越沙漠，形成新的河流。

如果想以河流的形式流经沙漠，顶多变成一个沼泽。

栽出有情之花

很久之后,我才认识石德华这个人,虽然见面的次数很少,但因为熟读过许多她的文章,感觉竟像是很老很好的朋友一样。

知道文学奖得了首奖,给了她鼓励,使她对写作更有信心,更热爱,后来她写的《校外有蓝天》竟然要出书了。

我感到非常高兴,觉得自己总算没有辜负一块玉。

禅宗祖师对于开悟的境界有一种说法,叫作"石上栽花",石头上栽花当然是很不容易的,但如果有人开悟,那是石头的花栽成,就不会在成道的路途上退转。

如果有人问:"石头上怎么可能栽花?"

那就陷入河流到了沙漠的困惑了。石头上栽的花,原是德性之花,本质之花,是自我提升与超越的花,是无形而有情之花。

我愿意以"石上栽花"送给石德华,我深信她会写出更好的文章,为这冷漠如石的人间,栽出一些耀眼的华彩。

处处莲花开

与马祖道一同创禅林清规的百丈怀海禅师,曾有一个伟大的教化:"一日不作,一日不食。"意思是一日不工作,一日就不该吃饭。

在百丈晚年,他仍然每天下田耕作。弟子们担心他太劳累,把他的锄头藏起来,结果百丈从那一天开始节食,到第三天,弟子把锄头还给他,他到田里工作后才开口吃饭。

百丈这样努力工作,一直到九十五岁逝世才停止。

我每次想到百丈"一日不作,一日不食"的教诲,就有一种庄肃的心。百丈的好,就好在他不是说"一日不坐,一日不食",因为终日晏坐的人不一定能体会禅心。禅心是遍一切处,无所不在的,唯有在奋力的工作中还有禅心的人,才可能迈入"日日是好日,处处莲花开"之境。

从禅宗的历史看来,有非常多的祖师是在工作中契入悟境,数量不比坐着开悟的少。

因此,我们可以说,百丈禅师是最早提出工作禅心的人。这伟大的创见,带来两个深远的影响,一是使禅的修行落实于生活,使生活的每一个片段都有开悟之机,唯有如此,人才不会舍弃生活,去追求那些不着边际的悟境。

二是使禅的修行从寺院中扩展出来,使禅师离开禅堂和蒲团也可以开悟;使无缘进入寺院修行的人,也能站在人间修行。这种打破修行藩篱的创见,使得历史上几次灭佛运动中,禅宗都能幸运度过,并在灭佛运动过后,很快地生气勃发。

另外,禅师通过工作,身体锻炼得更为强健;禅师通过工作,变得更有组织,更有效率;禅师通过工作,参与了人间疾苦，不致因追求开悟而造成寄生社会的印象。

通过百丈禅师确立的丛林清规，历史上的禅寺虽然规模宏大，常达到数千人以上的徒众，却能戒律严明、分工合作，井井有条。这不只是工作禅心了，而是了不起的企业管理。

有一次，我和徐木兰教授谈道，如果能有人研究古来丛林的管理方法，说不定会给现代化的管理带来一些新的启示。徐教授是专研企业管理的，加上自己对瑜伽、修行的体验，就表示了高度的兴趣。

近来，读到她的新作《工作禅心》，正是从企业、管理、工作来分析职场里如何锻炼心灵和发展潜能的方法。她把中国禅和西式工作伦理相结合，写成一系列精练的短文，创见非凡，对于在工作中彷徨、受挫、无奈的心灵，相信能带来更大的启示，更深的思考。

人，必须工作，这是人生的无奈；但人，能通过工作启发智慧，发展禅心，又是何其幸运！

百丈禅师还有两件伟大的事迹，一是在他的丛林里

"不立佛殿,唯树法堂,表法超言象也"。他在寺庙中不设佛堂,只有说法坐禅的地方,因为法是超越形式的。

禅心不是形式,因此,办公室里也是法堂,禅心也不拘形式,上司、同事也可以是修行的法侣。

二是他强烈主张弟子的成就应该超过师父,只有这样的弟子,才有被传授的资格。他说:"见与师齐,减师半德;见过于师,方堪传授。"

这是从老师的角度看。如果从弟子的角度,每一个弟子也应该有超越师父的雄心才好。在职场工作的上班族可能职位卑微、人微言轻,但若认识到禅心平等的真意,见解超过老板是很容易的事,只要愿意锻炼,成就也有超越的可能。这样,在工作中不但"堂堂正正又有何惧",还能"乐在工作","来一场丰富之旅"哩!

第三章 阅读故乡的一百个方法

阅读故乡的一百个方法

故乡旗山一些热衷文化的朋友告诉我,他们正想尽各种办法要寻找有关故乡的老照片,将来在旗山小学的礼堂办一次大展览,并且最好可以出版成书,让镇民们都能看到百年来自己故乡的发展。

这个构想是由旗山地方报《蕉城月刊》主编江明树和"蕉城画会"的林峰吉、林慧卿提出的,动机有几个:一是台湾乡村长久以来人口流失严重,年轻人都向往着到都市讨生活,不知道自己的故乡其实是很美的,以旗山来说,至少可以找到一百个以上美不胜收的地方。二是文化历史的保存,旗山地区从清朝以来就很繁荣,留下了许多古迹,这些古迹在时代的改变中纷纷被拆除。我们应该把尚存的记录下来,把已毁坏的原貌展现给大家知道。

在闲聊中,我就提出一个建议:何不征求一百张老照片,然后在老照片的同一个地方、同一个角度,拍一张现在的彩色照片,加一些说明?这样可以加强它的社会性和经济性,看清楚一个小镇是如何变迁的。

心直口快的江明树就说:"那么,书名可以叫作《日落旗山镇》或《没落的旗山镇》了。"明树兄是非常热情的人,他时常为小镇的人才没落、文化凋零而感到郁卒。

林峰吉插嘴说:"那不行,咱凭良心讲,在某方面来说,旗山还是很不错的,并不一定只有旧的东西才好。像从前妈祖庙口都是摊贩和违章建筑,现在都拆干净了,多么棒。现在还是有比以前清爽的所在。"峰吉兄是"蕉城画会"的健将,美术系毕业,他多年来的志向就是要用笔表现旗山的美。他笔下的故乡旗山优美无比,看了往往令人震动不已。

第三章 阅读故乡的一百个方法

"峰吉兄这样讲也有理,"林慧卿说,"我们除了怀旧,也要展望,让大家知道我们旗山也是很有发展的。最好是旧照片美,新照片也美。"慧卿兄是我初中的同学,他也是立志要画旗山的画家,不过,他的画风没有像峰吉那么甜美,而是非常纠结苦闷,与他本人的温文尔雅形成很强的对比。我在看他的画时,总感觉他在内心深处有一块不为人知的、敏感而忧郁的角落。

"你的意见怎么样?"他们问我。

我想,对于故乡,那是不可取代的,我们做这件事,一定要自己真正爱故乡,并且希望大家也都来爱自己的故乡。爱故乡是没有问题的,但是很多人不知道故乡美在何处,或只知道三五处。如果能找出一百处,那真的是太棒了。

我说:"这本书应该叫作《阅读故乡的一百个方法》,或叫作《阅读旗山的一百个方法》。我们把旗山最美的一百个场景找出来,分头去找老照片,然后找旗山土生土长的摄影家从老照片的角度去拍一张,这样就会做出一本很有趣的书了。"

大家听了都很开心，表示同意，要立即着手去进行。这时，欧雪贞小姐来了。欧小姐是我旗山小学的学妹，现在定居在美国乡间，回来过暑假，听说大家有"大事商议"，特地来参加。

我们把刚刚的谈话转述了一次，如此如此，这般这般，请她表达一点意见。她说："如果比清洁、卫生、美丽、芳草鲜美，我们旗山是绝对比不上美国的乡间小镇的。但是每年一到放假，我就急着要回来，因为感情是不可取代的。并且每次回来，就看到故乡一些美好的事物，是以前所看不到的。"

故乡的美应该是可确定的，老辈的人常说"落叶归根"，那不是说回故乡度晚年等死的意思，而是莫忘本，每一片落叶都不忘记自己的本来之处。落叶犹且如此，树上的新芽当然更不应该忘了。

主意既定，去何处找老照片呢？大家七嘴八舌地说道，小学、中学、镇公所、地政事务所、糖厂、杉林管理处、邮局，等等，相信这些地方的资料室一定有许多老照片。然后，明树兄还表示要做地毯式的搜索，挨家

第三章 阅读故乡的一百个方法

挨户请大家提供老照片出来，等老照片完整，要拍新的照片就容易了。

正当我们热烈讨论的时候，突然听到有人高叫我的名字，因为慧卿兄家的电话和门铃都坏了。出去开门，原来是大哥跑来找我，他满头大汗、气急败坏的样子使我们大吃一惊。

原来这时已经是半夜一点了，大哥的女儿和我的儿子相约出来找我回去，尚未回家。大哥的车子被我开走了，他只好从小路步行前来，才会满头大汗。他着急地说："有没有看到士琦和亮言？"

这下轮到我着急了，立刻把阅读故乡的一百个方法抛在脑后，和大哥开车满街找孩子，找到一点半才颓然而返，这时乡间显得分外宁静和清冷。

回家告诉妈妈，孩子走失了。

妈妈虽然心焦，依然老神在在，说："他们都知道路，小孩子腿慢，再等一下就会回来了。"

果然，没过多久就听见敲门声，两个小朋友欢天喜地地回来了，说是乡间半夜的萤火虫好美，满田满树的。幸好有月光照着小路,他们才可以沿着月光走回家。那铁路旁高大的杧果树是黑夜的地标,使他们知道家的方向。

  此时凌晨两点,我和哥哥都松了一口气,不过还是装模作样地叫两个小子去罚跪,半夜十二点还跑出去,太无规矩了。

  没多久,又听见他们的笑声,原来是被祖母解救了。怪不得儿子常说:"阿妈是我们的救命恩人。"

  我坐在书桌前想把"阅读故乡的一百个方法"的企划写出来。现在可以说有一百零一个方法了,那就是在乡下,孩子走失了,不会像在城市那么担心。

夜幕已深与星光灿烂

五月三十一日在"中正纪念堂"广场听过多明戈的歌声和看过在雨中依然热情的场面的人，应该一生都不会忘记的。

近三万的观众把"中正纪念堂"的每一个角落都坐满，场面如此热烈，群众却十分安静有序，完全没有拥挤之状，连多明戈——这位有世纪最伟大男高音的顶尖歌唱家——也说走遍世界没看过如此盛大壮伟的欢迎式。

可见台北人的文化素养是很高的，台北人是非常可爱的。我站在很远很远几乎看不见多明戈的角落，但我却看到台北这么可爱的、值得鼓掌的一面。

散会的时刻，满坑满谷的人逐渐地散去，在雨中，那散席的景况安静而优美。

我在雨里慢慢地走着，想到台北人的可爱，一部汽车突然疾驰而过，碾过一个马路上的水坑。哗！一摊污水突然把行人溅得满身是泥，几位刚刚听过歌剧的青年立刻三字经出口，声音之高亢不亚于多明戈，令人听了十分心惊。

我可以想象这几位青年，是对文化艺术抱着热情，也可能是对歌剧很有素养、十分可爱的人。这样的青年如果生长在一个环境优雅、路面平整、公共设施良好的城市，他们说出来的话一定和歌剧一样好听，可是现在，他们被逼得在路上公然骂三字经！

这句三字经源自路上的一个坑洞，想想看，台北市现在马路上的坑洞何止千万，是不是每天可能有一千万句三字经呢？这是什么样的大都市？又是什么样的公共设施？如此容易引发人内心的埋怨与愤恨！

我们可以说，台北人是很好很可爱的，在素养上可能也是冠于全台湾，可是我们受到的是多么糟的待遇。我时常喜欢改用苏东坡的一段话来形容台北的污点：

"行于所不当行，止于所不得不止，不择地皆可自出。"从前我们时常说台北是台湾的"首善之区"，现在应该改为"首坏之城"了。

最近看了几个民意调查测验，看到台北人对台北的满意度愈来愈低，有愈来愈多的人想要迁出台北到外县市居住。这些对台北的不满，甚至使台北市市长黄大洲的施政成绩在台湾所有县市长中忝陪末座。

黄大洲市长当然要喊冤，可是一个城市的好坏，只要放眼望去，然后在路上走一段，不是一目了然的吗？有什么冤？

我在台北住了二十几年，觉得台北的格局基本上是不错的，特别是文化与资讯，居住在其他地方，就没有台北故宫博物院、历史博物馆、中山纪念馆、台北音乐厅、台北剧院、台北图书馆、社教馆、世贸中心、台北会议厅等等，不论演讲或表演，或查询资料，都是其他城市望尘莫及的。

可叹的是，市政建设的漏洞百出，公共安全的管理不善，再加上交通与环境品质的迅速恶化，使台北竟成为难以居住的地方。

我们如果以人为喻,台北则大脑失灵(指挥系统不佳)、血液不通(交通阻塞)、肺气肿(空气污染)、心脏衰弱(公权力不彰)、五官残障(千疮百孔),虽然身上的细胞还有活力,有时难免会冒出三字经来!

多明戈的演唱中,唱了一首威尔第的《夜幕已深》和一首普契尼的《星光灿烂》①,前者沉郁,后者辉煌。像台北这样的城市是夜幕已深了?或者是依然辉煌?

我边走边想,找不到答案。

我只是为这城市里有品质的人感到不值,是不是主持市政的人也有这样的想法呢?

或者是,他们都在唱多明戈的压轴曲《茶花女》的《饮酒歌》②?

---

① 《夜幕已深》:是意大利作曲家朱塞佩·威尔第歌剧《奥赛罗》中的第一幕二重唱。《星光灿烂》:全名《今夜星光灿烂》,是意大利作曲家贾科莫·普契尼歌剧《托斯卡》中最著名的一首男高音咏叹调。——编者注

② 《饮酒歌》:是威尔第歌剧《茶花女》中的第一幕唱段。——编者注

庄严的七月

小时候，每到农历七月，父母都不准我们在晚上出门去游荡，原因是"夜路走多了，总会遇到鬼"，即使没有遇上，七月鬼门大开，也容易犯冲。

现在是农历七月了，报纸上也不免要鬼话连篇，有一天看到一家报纸的标题是："七月的晚上要常出去走走，运气好的话，可能会看见鬼。"

三十年的时间，社会的变迁不可谓不大，人们对鬼的恐惧心愈来愈稀薄了。从前听到鬼，大家一哄而散、四处奔逃，现在如果在忠孝东路闹区突然来了一个鬼，说不定会引起群众的围观，使台北混乱的交通雪上加霜。

鬼的恐惧虽然没有了，鬼的魅力是永远不会消失的，在电影里，从《倩女幽魂》到《阴阳法王》，在电视上，从《神仙老爸》到《财神爷报到》，无一不鬼。一般人不管信不信世间有鬼，但读鬼、听鬼、看鬼、谈鬼的兴趣是永远不会消失的。

鬼的世界之所以有趣，是因为它永远有无限的想象空间，它可以随人塑造，有喜心的人创造了"开心鬼"，有恐怖心的人创造了"无头鬼"，虽然鬼的种类很多，但是真正被鬼吓死的人很少，被人或被自己吓死的人倒是很多。

其实，鬼对一个民族的文化、对一个社会的平安是很有正面作用的。相信鬼的民族，会比较有想象的空间，有创造力，在文化上比较多元、有变化。相信鬼的社会，会相信因果、轮回、业报，使人不敢无所不为，社会自然比较安和。中国的艺术创作和文学创作，如果将鬼神全部抽掉，将会呆板无味、黯然失色了。

可是中国文化里的鬼神观念是长久发展的结果，里面有儒家的观点、有道教的观点、有佛教的观点，还有一些是民间口耳相传的观点，发展到现在已经不能判然划分了。

就以七月的中元节来说吧！从道教的观点来看，"中元"是道教三元的说法，是在中元奉祀地官的节日，但在民间信仰里，则传说这一天地狱门开，释放饿鬼，称"饿鬼"为"好兄弟"，在这一天，普遍备办饮食，让好兄弟饱餐一顿，并请法师道士诵经超度，称为"普度"。道教与民间信仰结合，因此称为"中元普度"。

从儒家的观点来看，鬼神指的是逝去的祖先，所以普度不只是在请好兄弟吃饭，也是在超荐先人，是对祖先的一种怀思。因此，信奉儒家的人，也很容易接纳中元普度的观念。

再从佛教的观点来看，七月半又叫作"盂兰盆会"。盂兰盆原是梵语"Ullambana"的音译，原意是"解倒悬"，即置珍馐美味于盆中供佛施僧，以此功德而救恶道众生的倒悬之苦。

盂兰盆会的依据是《盂兰盆经》，根据这部经典的说法，佛陀神通第一的弟子目连尊者，以天眼神通看见自己的母亲堕在饿鬼道，皮骨相连，日夜苦闷无间。目连看了大为悲痛，于是用钵盛饭去给母亲吃，可是目连之母因业报的缘故，饭食皆化为火焰，烧炙其口，不能吞咽。

目连为了拯救母亲，向佛陀请教解救的方法，佛陀于是指示目连在七月十五日的僧自恣日（僧众结夏安居三个月的结束之日），用百味饮食置于盂兰盆中以供养三宝，能蒙无量功德，并救七世父母，称为"盂兰盆会"。

盂兰盆会的观念与儒家孝顺的观念是相合的，而其日期与仪式又和道教、民间信仰相应，历代相承的结果，是儒、释、道相互影响。中元节既有供养三宝的心，又有孝顺父母的情，又有救拔超度恶道的慈悲，其规模愈来愈大，形式日益丰富，影响极为深远，成为我国最重要的节日之一。

明代的云栖袾宏禅师曾经指出，宋朝以来供养佛僧的情形渐减，转为专门荐亡与施食饿鬼，实在是错误的。当然，孝养父母之心的失去，也使盂兰盆会的意义和价值消减了。《盂兰盆经》说："是佛弟子修孝顺者，应念念中常忆父母供养，乃至七世父母，年年七月十五日常以孝顺慈忆所生父母，乃至七世父母，为作盂兰盆，施佛及僧，以报父母长养慈爱之恩。"可见，七月十五日实在是一个"孝日"，供佛僧、施鬼神都是出自一个孝的动机。

所以，七月成为鬼的月份，成为恐怖与不安的月份，实在与佛经相距甚远！七月其实是很好的月份，大雨季已经过了，凉爽的秋天就要来了，众生的燥热焦渴都清凉了，何坏之有？

依据佛教的说法，鬼神也是众生，需要的是关爱、尊敬与悲悯，而不是恐怖。人死之后进入轮回，也不一定是进入鬼道，如果依《楞严经》的讲法，七分情欲三分智慧的人死了入畜生道，九分情欲一分智慧的人死了入鬼道，纯粹依情欲生活没有智慧的人死了入地狱道。

鬼道的众生乃是生前贪、嗔、痴、慢、疑的人死后的去处，因此，鬼道众生是人的一面镜子，我们在七月的时候戒慎恐惧乃不是怕鬼,而是要常常回来照这一面镜子。一个人如果情欲炽盛、智慧浅薄,也就离鬼不远了。

因此,鬼,在佛经里不一定是名词,常常是形容词。例如,一个人充满了邪见,叫"鬼见"。一个人的见解毫无价值,叫"鬼眼"。一个人善于为无价值之事辩论,叫"鬼辩"。缺乏见识,叫作"鬼解"。

依此而观,鬼倒不一定活在另外的空间,就在我们人间,不就有很多鬼见、鬼眼、鬼辩、鬼解的人吗?就在我们人间,不就有很多贪心鬼、吝啬鬼、胆小鬼、大势鬼、多财鬼吗?

在佛经里有很多关于鬼的记载,除了鬼的陈述说明之外,有很多鬼的寓言是对人的教化和象征。

例如,在《经律异相》中说,有一个人死了,魂魄又回来鞭打自己的尸体,旁边的人看见了问它说:"这个人已经死了,你何以鞭笞他的尸体呢?"

鬼回答说:"这就是我从前的身体,他做了很多坏事,看到经戒不会赞叹,偷盗欺诈,犯人妇女,不孝父母兄弟，吝啬不肯布施，死了以后使我堕入鬼道，痛苦无量，不可复言，所以来打他出气！"

在《大智度论》中有一个故事，说有一个商人有一天遇见一个罗刹鬼，用右拳打鬼，右拳就粘住，再用左拳打鬼，也被粘住。用脚踢鬼，左右脚都被粘住。最后用头撞鬼，也被粘住。

鬼很开心，说："看你还有什么方法打我。你的心服气不服气？投不投降？"

商人说："虽然我的四肢和头都被粘住了，但是我的心永远不会屈服，我现在要用精进的心力和你相搏，永远不会松懈退却！"

鬼听了，很佩服他的精进力，就走了。

这两个故事都在象征，人活着不要尽做鬼事，也不要陷入鬼的陷阱，应该保持心的精进，走向智慧之路。

七月快要过完了，我们在七月的庆典，不管是中元节也好，普度好兄弟也好，盂兰盆会也好，都是很好的象征，让我们恩则孝养父母，敬则供养三宝，慈则广度众生，七月，就永远不会失去它庄严的意义。

台北县①举行的"宗教艺术节",有许多艺术家参与,一来使民俗节庆保持活力,二来使七月展现庄严美好,三来重新省思宗教、艺术与人生,令人庆赞,相信能令鬼神同喜,为民族的文化开展更大的思维空间。

---

① 台北县:即现在的台湾省新北市。——编者注

台湾的声音

一九九四年,在洛杉矶的时候,应佛光会的邀请,我在圣盖博歌剧院做了两场大型的演讲,每场都有近两千名的听众。根据在幕后掌控灯光音响的人表示,他在歌剧院工作十年来,从未看到这样的盛况,一张票券十元、五十元美金还能爆满,这非同小可,于是好奇地问佛光会的朋友:"这位林先生,在台湾是不是像艾迪·墨菲一样,是脱口秀的演艺人员?"

佛光会是新成立的佛教社团,成立才一年多的时间,通过星云法师的努力和奔走,如今世界多地有分会,南迄澳大利亚、新西兰,北到俄罗斯、加拿大,规模之大、人数之多实在超乎一般人的想象。

我在洛杉矶西来寺蒙星云法师接见，他刚从俄罗斯、加拿大回到西来寺，告诉我们在俄罗斯成立分会的情形："俄罗斯的佛光会，全是由俄国人组成的，只有三个中国人，他们对佛法非常向往，大部分都可以阅读佛经。在俄罗斯大学，教授的薪资每个月只有十五美元，物资缺乏，买一个面包都要排一小时以上的队，在这种地方还一心向佛、热心公益，想到了都会令人感动和不忍呀！"

在许多大城市，我都遇到佛光会的朋友，他们都非常热诚，具有无私奉献的心，不只推动华人社区的事，对于当地的公益与慈善工作也都能出钱出力，真正没有国籍、种族的分别心，看了令人感动不已。

也是在洛杉矶，我应慈济功德会①洛杉矶分会的朋友邀请，去和当地的会员见面。慈济功德会在海外，女士都穿旗袍，男士都穿深色西装，看起来典雅庄严，在海外社会已成为旗帜鲜明的队伍。他们把当地募来的款

---

① 慈济功德会：即慈济慈善事业基金会，由证严法师于1966年创设。——编者注

项用来济助当地的贫苦人士，特别是医疗和生活的援助，在异邦，完全实践了台湾慈济功德会的理念。

慈济分会也几乎遍布全世界，在温哥华、洛杉矶、旧金山、夏威夷，我都听到当地华侨谈起慈济义行可风的事迹。

佛光会与慈济功德会打开了另一个窗户，让全社会来认识台湾。虽然台湾当局有一点声名狼藉，台湾民间的爱心却逐渐地名扬世界。

像蒙藏委员会济助蒙古的教科书被贪污，援助的食米被盗卖，在蒙古的形象之败坏可以想见。如果不是慈济做了许多无私踏实的救助，挽救形象，真是不堪设想的。

又欣闻证严法师被推荐角逐诺贝尔和平奖，从这二十八年来的表现，证严法师得几座诺贝尔奖都是绰绰有余的。

除了慈济，佛光会近三年举办的佛学会考也日益受到重视，今年在台湾、东京、吉隆坡、香港、洛杉矶、宿雾、马尼拉、悉尼、巴黎、伦敦、圣保罗等全球五大洲六十五个考场同步举行，来自各地，共有十万人应考。这对于台湾地区形象的提升和突破都是非常重要的。

对于自己经常有机会参与慈济功德会和佛光会的活动，我感到与有荣焉。也觉得台湾如果要提升形象，依恃的将不再是经济的发展与友好的交流，而是愿对弱势伸出援手，有无私的心，以及人民文化与品质的提升。

我们要努力让世界知道：台湾除了贪污腐败的官员，也有清净无私的人民；台湾除了有官员的争权夺利，也有民间的奉献布施；台湾台面上有很多面目可憎的人，但戏台下有很多良善可爱的民众。

真正的祈雨

近日终于等到下雨,心中的欢喜雀跃,几乎难以形容,那种喜悦是想到由于久旱而焦虑的人终于可以展开笑容了,想到森林里的动物与草木在萎落中重见生机。

一场罕见的干旱,可以让我们思考许多生命的新观点。

例如,从前我们都认为台风是坏的,充满了破坏性,现在才了解台风的可爱与可贵,甚至全台人民引颈企盼台风。

从小生长在农村,使我对台风的记忆甚深。每到台风季节,要用粗木条把门窗封紧,用砖块压住屋顶的瓦片,虽然家家户户充满警戒,台风的灾害仍常超过我们的想象。有时候整座房子被吹垮,有时候屋顶被风吹走,有时田里的作物一株不剩。到处漏水,提着水桶满屋接水,更是每次都要演出的一幕。

强烈的台风过境,家园田野一片荒芜,总要很久才恢复过来。年轻的男人为了补助家计,在台风的几天,总会到溪边去捞上游流下的浮木,作为家中的燃料。有许多青年从此成为溪底的亡魂。我有亲戚就是如此一去不返,连尸体也未曾找到。

在三十年前的台湾,大家闻台风色变,很少人会想到台风也如此有用。从这里让我们看到天下万象有得必有失,希望只得无失,往往要付出更大的代价。

例如,干旱让我们得到的思考是:从前我们肆无忌惮地污染河川水源、破坏森林水土,恶果都已经开始反扑了。现在,台湾从北到南,几乎没有一条河川未遭污染,也没有河川可以饮用了,可见工业污染带来多大的灾害。森林的滥垦滥葬,严重性不亚于河川,以高山茶的普遍种植为例,据说每一斤高山茶所付出的水土成本是三十八万元，这种水土流失的代价也是超乎想象的。

另外，我们会想到掌权者对于土地的使用是否善尽了规划与保护的责任，一个负责任的政府要常想到百年之后的永续发展，而不是三五年的官位官运。如今三个月不下雨就恐慌不已，窘相毕露，我们想想，像阿拉伯、北非等，三十年不下大雨，不也一样过吗？

旱情严重期间，我到基隆访友，与一些当地的父老聊天，听到许多不可思议的民情。

有一位父老说："老天会干旱那么久，实在是《包青天》[①]害的，为什么不给我们包下雨，天天包青天！如果《包青天》不赶快下档，台湾就糟了。"

有一位父老说："听说咱台湾的风水是一条龙，中央山脉是龙脉，后来第一条高速公路是龙骨，现在再加一条北二高[②]，你想想，一条龙有两条龙骨，怎么得了，风水破坏了呀！"

[①]《包青天》：1993年在台湾热播的古装电视剧。——编者注
[②] 北二高：是台北至基隆的高速公路。——编者注

有一位父老说:"钱财就是水,这几年我们台湾的资金外流,流得快干了,当然就没水了。"

还有一位说:"都是做官的人贪污的结果,我们的重大建设,每一项都有贪污,连老天爷都看不过去了。"

……

我想,我们得自旱灾的思考或玄想还真不少,有的不免迷信,但是如果关心台湾的人愿意到民间去听百姓的声音,心里一定会戒慎守分,为民谋福。

没有水,还可以指望老天来个风调雨顺;没有民心,要指望什么才能国泰民安呢?

祈雨不是拜拜就好,有理想的政策,减少施政的弊端,有清廉的官员,维护好的环境,才是真正的祈雨呀!

响当当的台湾人

友人送我两卷云门舞集出版的录像带《人间孤儿枝叶版》,重看的时候,想起去年看这出戏时,内心充满感动的情景。

"人间孤儿"是充满了象征意味的,从台湾史看来,台湾偏处在海天一隅,孤儿自己制造欢乐,创建文化,甚至创造了农业奇迹和经济奇迹。

理论上说,一个人有钱了,生命的品质会提升,孤儿的心态也会减轻;但实际上是,台湾人民一直脱离不了孤儿的心态,好像随时准备逃难一样。也因为这种孤儿的心态:"反正没有父母教养了,还守什么规矩?"做大官的争权夺利，做小官的敷衍贪污；做大生意的利益输送，做小生意的逃税营谋。大家都存着"捞一票，是一票"的心理。

小老百姓眼见为真，却无法可想，于是盖一点违建，闯几次红灯，污染一些环境，以为乐事。

平时"俭肠聂肚"地存一点钱，海外旅游时却挥金如土，签一笔三十万美元的账面不改色，买几只蜗牛表也若无其事。

幼年时代不幸为孤儿，是可怜悯的，但成年之后，还过得像个孤儿，是可悲哀的。如果这种孤儿的心没有改变，台湾永远无法成为人间的乐土。

依据市场经济与资本社会的观点，"顾客永远是对的"，以台湾豪客花钱之大方，出手之奢阔，应该是不管走到哪里都被奉为上宾。但其实不然，我们在大陆花钱愈花得凶，愈被称为"台胞呆胞"；我们在欧美地区出手愈无节制，愈是引人侧目及排挤；我们在落后地区生活愈淫靡，愈是成为绑架、抢劫、凶杀的对象。

原因到底在哪里？

是不是我们常给人"富而伧俗""有钱而无知""有鸡屎钱，无知识兼无卫生"呢？经常去海外的人，看到台湾人的嘴脸，都要含羞作呕，何况是外人呢！

台湾旅客在奥地利屡遭无理的对待，被泰国航空公司放鸽子，这不是独立或单一的事件，而是人间孤儿的枝叶版。过去，许多台湾旅客的恶形恶状，早就败坏了我们的形象，而公关方面的软弱无能，也使一些人士认为我们是"无父无母好欺负的孤儿"。

台湾此后如果要洗脱孤儿的形象，一则当局民间都要强势一些，遇到不合理的对待，务必抗争到底，宁为玉碎，不为瓦全，要以奥地利、泰航事件为教训；二则要提升人的品质、建立人的尊严，不论岛内岛外，都养成务实、守分、有礼的习惯，让那些红毛、黄毛，都知道台湾不只是有钱、不只是制造廉价品的地方。

《人间孤儿枝叶版》一书中这样介绍作者："生于北平，成长于台北东门町，父母原籍安徽、浙江，全家已定居台北市四十五年余，所以是个'捶不扁、炒不爆、响当当的台北人'。"

我看了深有同感，无父母教养的台湾人，懦弱无助的台湾人，亚细亚孤儿的台湾人，我们都做过了，也做够了，尔今之后，让我们来做响当当的台湾人。

因此，让我们一起为信用卡事件抗争的台湾人鼓掌，为钱复的硬气无畏鼓掌，为坐在飞机上抗争泰航不合理待遇的台湾人鼓掌。

响当当的台湾人不只看那些枝枝叶叶，而是有更坚强的骨干，更深厚的根！那是为了结出更好的花果。

天地相合,以降甘露

如果在现代社会告诉别人说"所有的天灾都是始于人祸",一定会有人反对说"那是没有科学根据的"。

如果在现代社会有政府官员为百姓披麻戴孝向老天祈雨,也一定会有人说"那是不科学的"。

但是,如果我们仔细深入地思考,以水灾为例,平时若做好疏洪导渠的工作,则可以绝水患;以旱灾为例,平时若做好蓄水防旱的工作,不随意破坏森林与水土,则旱灾也不可能发生。所以一切的天灾虽然不一定始于人祸,但人如能有所作为,则灾祸不会扩大。

政府官员为百姓向老天祈雨,虽说科学不可验证,但至少让我们了解人非万能，站在"老天"的眼前，人是多么渺小无能。在为福为祸的大官眼中，还能敬畏自然与神明，总比那些天纵英明、盖世无敌的官员可亲可爱得多。

不管是为政者或平民百姓，心中有天、有道、有自然，不逆天而行，天灾人祸一定会减少。老子说："道常无名，朴。虽小，天下莫能臣也。侯王若能守之，万物将自宾。天地相合，以降甘露，民莫之令而自均。"

这段话译成白话的意思是，道是不可见闻的，所以是朴质自然的。道虽然隐微不可捉摸，但是天下的人不能臣服它，轻视它。诸侯国王如果能守住天道，万民万物都会自动地归服。天地的道如果相合，就会降下甘露，人们并不需要控制它，雨露就会均沾。

特别是"天地相合，以降甘露，民莫之令而自均"这段话，在普遍的干旱之际读来感受更深。反面来想，如果久不降甘露，是不是表示了天地的不相合呢？天是恒常如此朴质自然的，那么问题可能是出在"地"的身上。我们不断倾倒垃圾到河川，污染从山上流来的清净的水；我们不停止地开发山坡地，使森林不能饱孕甘泉，任令水土流失；我们无休止地污染天空，改变了云水的流向；我们不能惜福爱水，在水源地养猪，超量抽取地下水养殖鱼类，使地水流失、地层下陷……对于这样的"地"，天降甘露又有何用呢？故不降也罢。

若以天地相合之理来说，一个地方的人心若无甘露，一个地方的政府不能让人民雨露均沾，天道也不必降甘露与之相应了。而每一个对土地的破坏行为，每一个山林土地政策的失衡，都将使隐微的天道显现出危机。在这时候只怪天灾而不反省人祸，可以说是无智。

老子还说："行于大道，唯施是畏。大道甚夷，而民好径。朝甚除，田甚芜，仓甚虚；服文采，带利剑，厌饮食，财货有余，是谓盗夸。非道也哉！"

——在大道上行走，最令人担心的是走入邪道。大道是那么平坦，而为政的人却偏爱走小径，行邪路，结果弄得朝廷混乱不堪，田地休耕荒芜，国库亏欠空虚。可叹的是为政者却穿着锦绣的衣服，佩着锋利的刀剑，吃着过量的饮食，他们搜刮来的财物用也用不完。他们所行的不是道,他们是强盗的头子呀!

以老子"逆道而行遭殃"的见解,说不定整肃贪污、整治治安、平均财货、还利于民才是最好的祈雨之道呢!风调雨顺则国泰民安,国泰民安则风调雨顺,互为表里、互为因果,是没有先后的。

"圣人常无心,以百姓心为心。"此意甚深,遗憾的是,所知者少,能行的更少!

真正爱台湾

在美国、加拿大巡回演讲时,几乎每一站都有华侨问到台湾前途的问题,特别是最常被提到的"党代表"暴力相向的问题、国民党分裂的问题、民进党的问题。

还有治安的混乱,社会的奢侈,到处弥漫的贪污与纷扰。

如果一个人没有住在台湾,他对台湾的印象大概也就是这样了。特别是离开台湾很久的华侨,如果他的资讯是来自报纸或电视,他甚至会鄙视和痛恨这个自己出生的地方。

再加上近几年到海外演讲的政治人物,几乎没有一位说台湾好，他们在海外大声骂台湾，为一些政治目的募款。非常奇怪的是，既然这些人不认同台湾的政治、经济、社会和文化，为什么骂完台湾以后，又匆匆地赶回台湾呢？

我不知道报纸、电视、政治人物在海外传达了什么样的台湾形象，但是每次听到有人质疑、批评台湾时，我都感到十分痛心。我总要为我的台湾辩护。

我说："你们了解的台湾都是从报纸、电视来的，各位知道媒体总是报道负面的东西，就像我如果从美国的媒体来了解美国，从芝加哥的报纸了解芝加哥，就会认为美国根本不适合居住——南部在淹大水，北部在闹旱灾。芝加哥就不用说了，芝加哥是全美国治安最糟的城市，为什么还有人敢住呢？因为只有住在当地的人才知道当地的可爱。"

因此，在达拉斯的座谈会上，有人问我："像台北那样的地方还能住人吗？物价高昂、交通混乱、空气污浊，不知道林先生的看法如何？"

我说："从你的眼睛看起来，台北是不能居住的。

可是从我的眼睛看起来，台北非常可爱。我才离开十几天，就很想念台北了。"

这段话引起十分热烈的掌声。

从客观理性的观点看来，台北的环境是比不上海外，台北人的品质与道德心也比不上外人，台北"政府"的弊端也比美国、加拿大多得多，台北人的不确定与不安全感远胜于住在海外的人。但是从感情的观点来看，生为台湾人的感情是无可取代的，我们可以参与台北的好的或坏的事务，我们可以抬头挺胸、充满生命力地奉献于乡土。

台北不是一无可爱，台湾也不是一无可取。真正爱台湾的人，出了台湾，为什么不能理直气壮地告诉海外的人，而要回头来斥骂自己的乡土呢？

回到台北真开心，短短的二十几天，新的政党成立了，街路上都是热气腾腾的人，商店与市场的人潮滚滚，处处都充满生命力，觉得自己处身其中，说不定除了经济之外，还可以创造出什么政治与文化的奇迹。

想和朋友聚聚，打几个电话，半小时后就在咖啡厅里聚齐了。

想吃个消夜，散步五分钟就可以吃到许多可口的美食。

百货公司的名牌虽然价钱高昂，但小店、小摊上也有许多价廉物美的东西。

在水果摊前都要醉了，西瓜一斤八元，阳桃六个五十元，芭乐一个十元，龙眼、莲雾、释迦、甘蔗汁。

还有仙草、爱玉、粉圆冰。

真正爱台湾的人要先认同台湾，真正的爱里，不只是有了解与疼惜，还要有包容与希望。

不只在台湾，在各地巡回演讲，每一场我都会说："让我们真正用心地来爱台湾。"因为在深心里我相信，只要人人都有热诚、理想、关爱与奉献，台湾一定会更好。

为台北留些记忆

去看一些作家朋友演戏，表现之好令人意外，简直可以自组一个戏团了。

由作家郭强生编剧导演的话剧《非关男女》，一连演出三天。这出戏演出前就受到瞩目，连演三天场场爆满，原因除了三位受欢迎的演员唐琪、康殿宏、程秀瑛之外，参加演出的有作家张曼娟、蔡诗萍，还有漫画家萧言中。

萧言中只有一场戏，还无法断定他的演技，但张曼娟、蔡诗萍都是撑场的主角，表现实在是可圈可点。张曼娟演的是一位过了三十岁还嫁不出去的儿童文学家，蔡诗萍则扮演在大学教书的同性恋者，这两个南辕北辙的人因为同租一栋公寓，产生过极短暂的恋情，对白繁复、情感波折，如果没有好演技，是难以表达的。

唐琪演张曼娟的母亲，晚年丧偶，却由于性格的天真积极，比女儿更早传出恋情。康殿宏则扮演一个在太太和情妇间游移不定的男子，程秀瑛演的是"台北最佳情妇"，不断更换情夫，内心却渴望找到一个归宿，想独力来生养一个孩子。这三位职业演员，演出当然没有话说了。

企图心最大的是编剧兼导演郭强生，他希望通过中产阶级的男女关系，来表达二十世纪末期台北生活的情感观。这一点是很值得思考的，我们想想十几二十年前，男女的感情即使在台北也是非常保守的，当时像陈映真笔下的唐倩，林怀民笔下的蝉，白先勇笔下的台北人，就有一点惊世骇俗了。现在有时候听"新人类"或"新新人类"谈他们的感情见解，对同居、离婚、性、单亲、同性恋都非常开放，令我们觉得自己是活在外太空的世界。

我有一个朋友常说:"幸好有一个艾滋病患者在那里把关,产生一些吓阻作用,否则这世界不知道要变成什么样子了。"

对近十几二十年的变化发展,我们的文学艺术都做了很多的记录,但比较遗憾的是,男女关系更深层的内在衍化较少被注意到,特别是在戏剧方面,真正记载和表达台北生活的非常少见。

郭强生的《非关男女》便是试图以戏剧来记录当代台北人的感情世界,他说:"我在创作及导演《非关男女》时的态度是非常严肃的。尽管这只是一出谈现代人感情的戏,但是我尝试真实地去面对二十世纪九十年代台湾都会人的意识和感情,不再假托西方符号,或非中国人的激情和叛逆。我们有我们的欲望、我们的压抑、我们的焦虑。当有人在二十一世纪想知道台北人在想什么的时候,我希望《非关男女》能在电影、绘画、小说之外,提供另一扇窗。"

我觉得如果每个人都想为"台北的当代"留一些记忆,台北会变得更好一些,政治家会想到为民谋福、大商人会想到回馈社会、文化人会更努力工作，甚至小人物也会尽一点公德。而作家的职责就是记录、观照、思考，与写作吧！

关于《非关男女》，我认为如果配乐也用"台北音乐"，把玛丽莲·梦露的布景换成"东方不败"，将会更台北一些，要台北就彻底的台北！

唉！不过这年头哪里才有彻底的台北呢？

第四章 艺术的心

不诱僧也可以

正当教徒大举抗议一幅漫画侮蔑宗教，逼使出版公司不得不公开道歉，收回所有市面上的书籍的同时，以出家人为背景的电影《诱僧》强势上映。

《诱僧》的强势，是它在广告上公开地说："一个女尼、一个和尚为何遭到佛教的抗议？""玄武门之变，一代大将遁入空门，逃得过追兵，却难逃……"

为什么电影公司仿佛在希望佛教徒抗议呢？

在《诱僧》上映前，确实有一些佛教杂志提出质疑，因为出家人公然在大殿上亲热，不仅是太敏感，简直是太大胆了。但是当时《诱僧》尚未上映，抗议师出无名,如今《诱僧》上映了,出家人由于持守戒律,不可能到电影院去看电影,抗议的声音反而消减。

到底《诱僧》是不是值得抗议呢?

我去看《诱僧》是周末下午第一场演出,偌大的戏院里只坐了十一个人,才看了十几个镜头,我就知道这部电影如果不卖座,是电影宣传人员政策错误的结果。

因为《诱僧》的场面浩大、气势雄浑,影片摄制的品质很好,可以说是近年难得一见的片型,为唐太宗的玄武门之变提出全新的观点,在历史与宗教上也颇有新见。影片在大陆实景拍摄,耗资高达一亿二千万台币。

导演罗卓瑶是香港很优秀的导演,在每一寸胶卷上都流露出艺术的匠心,不论是画面之美、镜头之流畅、配乐之自然、灯光之华美,都凌驾一般的台湾电影之上。演员也是一时的上上之选,台湾最好的武生吴兴国、巨星陈冲、《霸王别姬》男主角张丰毅、在《末代皇帝》中演慈禧的名演员卢燕,这样的阵容,如果正正派派地来宣传,相信会有更多的观众,也才不辜负导演的用心。

第四章 艺术的心

可悲哀的是，我们在媒体上所见到《诱僧》的宣传，感觉那好像一部色情片，所有的焦点都集中在什么"三点全露"，什么"彻底为艺术牺牲"，反而使许多真正喜欢好电影的观众为之却步。

为一部好电影做色情宣传是得不偿失的，因为色情的吸引力并没有想象中的大，否则就不会出现三级片电影公司倒闭了。

在艺术与色情之间，或者艺术与宗教之间，有时不免陷入两难的困局，因为艺术的分寸是自由心证的。

问题反而不是在画面的露与不露，就像近几年的港片，列为普通级的某些电影，语言粗俗下流，在我看来是很下流、很色情的。反倒是像戛纳得奖的《钢琴师与她的情人》，露是露了很多，却一点也不色情。

因此，艺术与色情关乎导演的动机与自制。一个用心于电影艺术的导演，相信不会甘于拍三级片。宗教与艺术的关系更复杂，所以，导演在触及宗教时，应该更加倍地自制。

以《诱僧》来说，导演应该没有侮蔑宗教的动机，但是由于处理得不能自制，例如，在大殿上亲热和一群假和尚去逛妓院的诡异处理，竟使影片的优美调子失控，使原本可以作为唐代开国史诗的电影，沦为晚明的传奇小品，这损失不能算不大。

我们也可以这样说，艺术的原创不一定与宗教冲突，好的艺术也不一定要贬抑宗教的情操，对宗教更深层的思维与敬意，很可能反而提升了艺术的品质。

我相信，艺术家如果走到雄浑博大之境，其作品便会自然流露出类似于宗教的情操与怀抱，不仅对宗教有敬意，对自然有敬意，甚至对于男女之情、两性生活都会有敬意，这样才会有开阔的格局。

艺术与商业的界限，艺术与色情的藩篱，艺术与宗教的融合或对抗，都取决于这一点敬意吧！

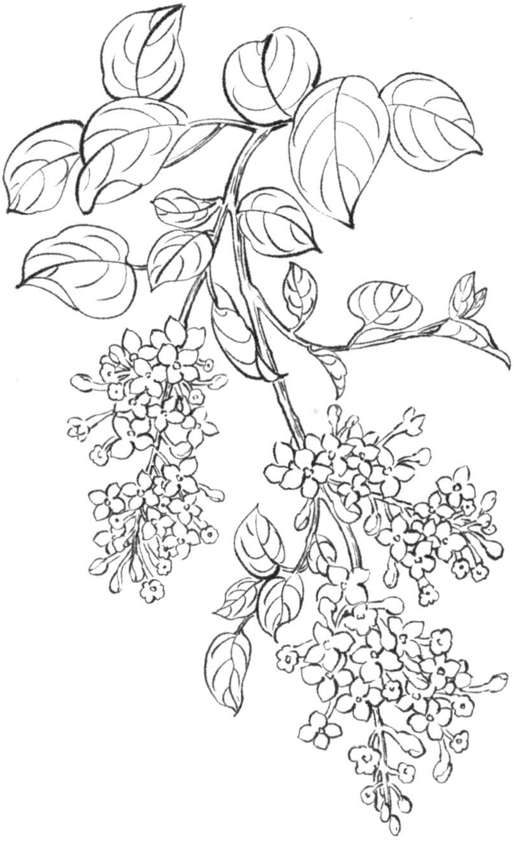

艺术电影

孩子租了几部艺术电影的录像带回来，有几部是一二十年前的经典，还有几部是近年的电影，还有中国人得过奖的作品。

我们选了近年得过奖的一部台湾电影合家观赏，太太看十五分钟就退场了，孩子勉强看了二十分钟就溜出去玩，溜走之前不忘回头讽刺老爸一下："爸，这种艺术电影比较适合像你们这种有艺术细胞的人看！"

我耐下心来（因为想到凡是得过奖，也有一些人说好的电影，一定有它的道理），好不容易把一部艺术电影看完，已经感觉到脖颈酸痛，心力交瘁了。

第四章　艺术的心

于是，我坐着思考"看艺术电影为什么会使人这么累"这个问题，想到一些可能的问题，例如，艺术电影总是没头没尾的，有时候不知道导演要说什么，要边看边想。例如，艺术电影的镜头比较慢，有时候一个镜头五六分钟，我们为剧情着急，便容易累了。例如，艺术电影通常偏爱大远景，给人一种迷茫之感。例如，艺术电影里的演员通常只是导演的道具，我们看演员无戏可演，自然心焦。

还有，艺术电影的节奏总是缓慢，调子暧昧不明，音乐诡异奇特，这些往往超过人的感官习惯，我们时而要慢动作走在奔行汽车的马路上，时而要看清深夜森林中那对清亮的眼睛，时而要绷紧耳鼓承受突如其来炮声的惊吓，这样两小时下来——艺术电影总比一般电影长一些——身心交疲是很自然的事。

一向都喜欢看电影的我，对自己欣赏经典艺术电影的疲累感到怀疑："应该是很愉悦的心情才对呀！"于是鼓起勇气，接下来的几天，又看了数部艺术电影。这下又有了新发现，看到古今中外的艺术电影都是一个调调，就好像川菜馆的菜色少不了辣椒一样，而有一些导演就像愤世嫉俗的厨师，一边加辣椒一边诅咒："辣死你们这些王八蛋。"观众被辣得嘴麻之余，两颊通红、泪流满面，评论家就借机会说："观众都感动得哭了！"

奇特的是，现在拍的艺术电影与三十年前的很相近。为什么社会变化如此巨大，生活节奏加速好几倍，导演还是活在同一个世界呢？是不是认为只有远景、定镜、慢速、俯拍才是艺术呢？

不过，导演可能是没有问题的，可能是我自己有问题。想到二十年前我在电影科系就读的时候，是多么崇奉艺术电影而排斥商业与市场，有时候宁可饿肚子在郊区的戏院看经典名作，一边研究分镜，一边做笔记，回来后和同学讨论和争辩，认为一个人如果要拍电影就要拍那样的电影。

二十年过去了，节奏快速的红尘生活，是不是使我失去了当年的耐性？或者是孤傲的艺术电影根本就是难看的、怪癖的、忸怩作态的呢？

大家都认为好莱坞的电影是商业的，而戛纳、柏林、威尼斯是比较"艺术"的。其实也不尽然,难道在"好莱坞"与"戛纳"之间没有相通吗?

在我的想法里,艺术电影与商业电影并不是以形式或内容来区隔的,而是以精致或粗糙来分别,这精致的内容包括拍摄形式、思想内容,乃至导演的动机与企图。唯有以精致作为标杆,才不会使那些卖座不佳、思想模糊、导演技术不纯熟的电影也混称为艺术。

在信息革命的时代,今后再也不会有第二个被完全埋没的梵高,也可以说,真正精致的电影,不论是艺术或商业都不会被埋没。

我们暗中祷祝有更多艺术电影产生之余,也祈祷艺术电影的导演不要"以疲累观众为己任,置轻松欢喜于度外"。电影就是电影,电影也只是电影,何必严肃得要死要活?我相信不论是什么艺术,最高的境界就是:大家都承认它是艺术,并且愿意热烈地喝彩!

艺术的心

当台北有一些青少年花四千台币买票去看迈克尔·杰克逊跳舞唱歌的同时,有几则艺术的消息看起来显得更惹眼。

根据《艺术贵族》杂志社的市场调查,有近七成的青少年没有办法说出任何一位中国艺术家的名字。在回答海外知名艺术家的名字上,表现稍佳,但仍有三十四的百分比,连一个海外艺术家都不知道。也就是说,有百分之三十四以上的青少年(十二岁到十八岁),对全球艺术家一无所知,连名字都没听过。

能够说出三位中国艺术家的只有百分之五点五,其中排名第一的是张大千,其次为林怀民、朱铭与吴炫三。

能够说出三位海外艺术家的有三成左右,排名第一的是毕加索,其次是莫奈,第三、第四名是米开朗琪罗和达·芬奇,那是因为这两位曾被《忍者神龟》用作主角的名字。

这份调查报告显示,有七成以上的中学生在课余之暇不曾从事艺术活动,而百分之六十七的学生在最近半年没有到过任何画廊,听过任何音乐会。

这是民间艺术杂志市调的情况,最近,当局也公布了去年台湾民众艺术参与的情形,去年每人参加艺文活动达一点八人次,也可以说,去年参加艺文活动,平均一人不到两次。而且所指的"艺文活动"包括文化及社会教育机构、图书馆和画廊的活动。

不分县市,每一文化和社教场所每年平均须服务四万一千人以上。也就是说,以现有的文艺场所,如果每人每年参加三点六次的艺文活动,这些场所就要每年服务八万二千人以上。

从文化长远的观点看来,政府应该加强对文化表演场所的扩建与投资，来因应政经发展之后的艺文需求。

台湾从青少年到成年，普遍的艺术贫乏使人忧心，因为文化艺术若不发展，人文心灵就会萎缩，人文心灵的萎缩则会使一个社会失去人道的精神，并使社会的价值混淆，陷入物质与欲望的泥沼。

看到一则广东消息，九月二十八日将在深圳举行一场"一九九三中国首次优秀文稿竞价活动"，将有数十位知名作家拍卖自己的手稿，包括莫言、苏童、刘心武、沙叶新、王蒙等作家都把珍藏的手稿拿出来拍卖，并且呼吁企业家来买文稿"拯救囊中羞涩的文人"。

凡是出资十万人民币"拯救作家"，购买文稿的企业单位，都将会把名字镌刻在深圳博物馆永久收藏，还可以反复在电视和报纸上亮相。

作家拍卖手稿不是什么坏事，但要这样低声下气地乞求企业家，则未免俗气、漏气，显现出文艺发展的窘状。

海峡两岸的文化艺术活动，都在市场经济的商潮下被淹没，这并不是好现象，因为两岸如果要讲统一和平，唯有两岸文化艺术都有长足发展，人民普遍具有人文心灵与人道精神，互相包容与创发，和平统一才是可期的。

我们的商人愿意不厌其烦地、姿势卑微地举办迈克尔演唱会；我们的媒体甘心记者被打被辱，还愿意把迈克尔放在头版头条；我们的当局对迈克尔通关礼遇，警车开道，减免税收，甚至以低价出借体育场；我们的人民以超乎常理的价钱忍受昏倒的痛苦，把一个歌手当神来看待……

如果我们对待本土的文化艺术活动，能如此用心——用百分之一的心——也就好了。

武林江湖老

从来没有一个暑假看那么多电影，其中也看了目前最热门的新武侠电影，黄飞鸿、方世玉、唐伯虎什么的。

我是最支持武侠电影的，原因是武侠电影是最具中国特色的电影，就好像是西方的侦探电影或日本的悬疑电影一样。如果中国电影要走出一条路，武侠电影是最有希望的。

其次，武侠乃是中国人的梦，这梦里有侠情，有至爱，有义气。对在社会环境中饱受压抑的人，武侠是一个梦想，一个邪不胜正的坏人一定会受到制裁的社会梦想。站在这个梦想的基础上，我们其实可以赋予武侠一种至美、至善、至真的精神，来作为生活的寄托。从这个观点来看，金庸的小说庶几近之。

再则，电影也与武侠一样，是一场梦，所以有人称美国的好莱坞为"梦工厂"，是专门制造美梦的地方。电影和梦不同的地方是，梦里不免有丑梦或噩梦，这是人无法控制的，可是，电影是人可以控制的，可以使它不低级，不丑陋，不作呕。生活里已经有太多不堪的事了，何必在电影中制造难堪呢？

所以，"武侠电影"事实上是两个美梦的结合，应该让我们在解除社会符号之后，去看清人的最值得珍惜的本质。

我反对丑陋的电影，也反对低级的武侠，可悲叹的是，中国电影（特别是港产电影）却愈来愈丑陋，武侠则日益低级。把两种有可能创造美丽梦想的事物结合起来，却制作出一些丑陋低级的武侠电影……除了说拍电影的人心灵就是那样，还有什么好说呢？

暑假档的武侠电影，大部分是抄袭现成的东西，几乎没有创意，这只能说导演的才气有限，是还可以忍受的。

不能忍受的是丑陋与作呕，丑陋的是画面，作呕的是语言。

武侠电影因为场景是古装，通常不会被列为限制级，但是许多以普级片上映的武侠电影，其画面之难以入目，语言之不堪入耳，我觉得伤害不亚于暴力或色情。我们想象一下，家里的孩子如果有某明星的动作，口里说某明星的语言，那是多么可怕呀！

自从徐克塑造了黄飞鸿之后，这一拨的武侠电影才开始红。我们想想李连杰的黄飞鸿之所以广受喜爱，是因为他的天真和仁爱，武功高强却不置坏人于死地，动作优雅，语言纯正，不随便搞笑。

最近去看了另一版黄飞鸿，已经到了杀气腾腾，粗鲁无文的地步。武侠电影大师监制的武侠电影都如此，可见武侠电影从此刻起要走下坡了，很快将会被观众淘汰，因为观众不会永远做傻瓜。

从前读武侠小说，印象最深的是，武林人物不能把招数使老了，招数一老就会破绽百出，命丧于敌人之手。其次，江湖人物怕老（武侠小说从未以老人做主角），最好的武功，老了也要不动了。

看到武侠电影，不老于观众，却老于不用心，心中真是感慨系之。

预则立

孩子最盼望暑假的原因之一,是暑假可以好好地看电影。

有一天,他告诉我台北的戏院早场全部特价优待,平时要一百六十元的,早场只要一百二十元,第二天他要去看早场。

第二天他垂头丧气地回来说:"今天电影院都不开。"

我想到从前蒋介石去世的时候,电影院曾全部休市,不禁着急地问孩子:"发生了什么事?"

"是电影业者在向台北市政府提出强烈的抗议!"孩子说。

孩子拿给我一张电影业者在戏院门口散发的传单，上面写着"对不起，今天没有电影看"。我还来不及看内容，孩子就说："这些开电影院的人，可能是头壳坏了，想想看，哪有自己关门不做生意来抗议的，不是自己的损失吗？"

说得很有道理，因为电影不像公车，是日常必需的事物。一个人不看电影并没有什么损失，有很多人可能几年不看电影还是过得很好。电影不只是消费品，与其他东南亚地区相比，我们的电影简直是奢侈品，一张电影票一百八十元，在菲律宾、泰国都可以看几十场电影了。一个平常百姓一餐吃六十元就能吃得很好，一百八可以吃三餐哩！电影院何必如此自苦，硬逼自己入绝境呢？

既然电影是奢侈品，理论上应有更好的服务和品质，可是自从电影票从一百二跳到一百八，服务与品质并没有改善，记得那时候消费者基金会也曾向电影业抗议票价的不合理调涨，他们不也是置之不理吗？我们只不过尚未发起"对不起，今天我们不看电影"的运动罢了!

服务品质稍差,只要电影好看也还能忍受。如果因公共安全不合格,看电影要冒生命的危险,那也就不必了。

这一次,我们不能因为电影业者的抗议而模糊了事件的主题。市政府要拆除分厅戏院,以及采取断水断电的强硬措施,这一方面是业者违规,一方面是为了保障看电影的人能"平平安安地出门,快快乐乐地回家",为了我们自己的权益,我们应该支持市政府。

电影业者提出的理由,仔细看来都是有点牵强,例如,电影业者因经营困难才分厅隔间,这与安全实是两码事。例如,台北市近三十年来,未闻有任何影院发生重大火警事故,难道一定要等发生事故才来拆吗?例如,从前可以,为什么现在不行?那是因为从前还没有发生几次大火灾,政府尚未痛定思痛的缘故呀!

当然,电影业者是应该关怀、鼓励,在这整个事件中也值得同情。为什么政府在施政时不能用心预防?其实从前分厅隔间时就应该拆了,为什么等到现在才拆?凡事预则立,不预则乱,等到业者投下巨资装潢完毕,又经营了几年，拆之，当然会惹起民怨了。

现在满街违规的各种行业，为什么设立时没人管，一定要等到经营一段时间，发现了问题才大队人马去拆呢？这不仅引起人民反感，不也是劳民伤财的事吗？甚至像反毒品这种事，毒品的走私、入侵绝不是一朝一夕的事情，以前怎么不早做预防？

这次拆电影院，对政府、业者、民众都带来新的思考空间，特别是政府，平常一点一滴地预防偷鸡摸狗，便不至于到最后才大动干戈了！

走向无限的原野

从前的乡下戏院,在电影散场的前十分钟,守门人会把大门打开,准备疏散看戏的人潮。

那十分钟,会网开一面让买不起电影票的孩子进去看,在乡下叫作"捡戏尾仔"。

我是捡戏尾仔最忠实的孩子之一,每天一放学,就飞奔到戏院门口,常常跑得太快,书包像风筝一样,比肩膀还高。

到戏院门口紧急刹车,一边喘气一边等待,大门打开就和其他孩子一拥而入,站在最后一排看电影的结局。

那时流行武侠片和西部片,电影的结局其实是很类似的，通常是古代的侠客或西部的枪手，行侠仗义已经结束，孤独地策马走向无限的原野。

我在当时就有两个疑惑，一是为什么古代的中国侠士和现代的西方英雄是如此类似，孤单地来、孤单地去？为什么他们不在一个地方定居呢？二是为什么他们最后都要走向原野，原野是不是人生最好的归宿呢？

结局虽然如此类似，但那种策马走入原野的欢喜心情是难以形容的。

看完电影，天已经晚了，我在黄昏的原野间奔驰回家，仿佛一只鸢，滑翔过草原，背景是诗歌般的弦乐。

每天看戏尾仔的时间那么短暂，却影响了我对生命的美感经验，知道人是孤单地在原野中穿行，生命中发生的欢喜或悲愁，只是大原野中的小小驿站。

人生没有什么好计较争胜的。戏开始时，独自从原野走来；戏结束了，孤单地走向无限的原野。

过程中如真如实的人生，其实都是如戏如梦的。

图书在版编目（CIP）数据

处处莲花开 / 林清玄著. -- 成都：天地出版社，2024.10. -- ISBN 978-7-5455-8397-7

Ⅰ．I267

中国国家版本馆CIP数据核字第20249N4L70号

本书由台北九歌出版社有限公司授权出版经四川文智立心传媒有限公司代理

著作权合同登记号 图进字：21-24-081

CHUCHU LIANHUA KAI
处处莲花开

出 品 人	陈小雨　杨　政
作　　者	林清玄
责任编辑	吕　晴　王继娟
责任校对	马志侠
封面设计	V　霄
责任印制	王学锋

出版发行　天地出版社
　　　　　（成都市锦江区三色路238号　邮政编码：610023）
　　　　　（北京市方庄芳群园3区3号　邮政编码：100078）
网　　址　http://www.tiandiph.com
电子邮箱　tianditg@163.com
经　　销　新华文轩出版传媒股份有限公司

印　　刷	北京天宇万达印刷有限公司
版　　次	2024年10月第1版
印　　次	2024年10月第1次印刷
开　　本	880mm×1230mm　1/32
印　　张	6.75
插　　页	16P
字　　数	111千字
定　　价	42.00元
书　　号	ISBN 978-7-5455-8397-7

版权所有◆违者必究

咨询电话：（028）86361282（总编室）
购书热线：（010）67693207（营销中心）

如有印装错误，请与本社联系调换